唐诗植物园

梅庆吉 编著

大连出版社
DALIAN PUBLISHING HOUSE

图书在版编目（CIP）数据

唐诗植物园／梅庆吉编著．—大连：大连出版社，2009.1

ISBN 978-7-80684-606-3

Ⅰ.唐… Ⅱ.梅… Ⅲ.唐诗－鉴赏 Ⅳ.I207.22

中国版本图书馆 CIP 数据核字（2008）第 188432 号

责任编辑：刘晓媛

封面设计：曹艺

版式设计：曹艺

封面题字：翟鑫

责任校对：于孝锋 金琦

出版发行者：大连出版社

地址：大连市西岗区长白街 10 号

邮编：116011

电话：(0411)83620416 83620941

传真：(0411)83610391

http：www.dl-press.com

e-mail：cbs@dl.gov.cn

印刷者：大连金华光彩色印刷有限公司

经销者：各地新华书店

幅面尺寸：170mm × 235mm

印张：13

字数：200 千字

出版时间：2009 年 1 月第 1 版

印刷时间：2009 年 1 月第 1 次印刷

印数：1～4000 册

书号：ISBN 978-7-80684-606-3

定价：39.00 元

目录

牡丹

红牡丹[①] 王维

绿艳闲且静[②]，红衣浅复深[③]。
花心愁欲断[④]，春色岂知心[⑤]。

【难点疏通】

①牡丹：落叶灌木，叶子有柄，羽状复叶，小叶卵形或长椭圆形，花大，单生，通常深红、粉红或白色，是著名的观赏植物。根皮都可入药，称丹皮。 ②绿艳：浓绿的叶子。闲：安闲。 ③红衣：红色的花朵。浅复深：有的浅有的深。 ④花心：花的心情。愁欲断：联系到下一句，因春色不知其心而感到心情愁闷。 ⑤“春色”句：因牡丹开在夏初，所以说春天不知道牡丹的心。

【诗义解说】

深绿的叶子安闲而且宁静，红色的花朵有的颜色浅有的颜色深。花的心情犯愁要断了肝肠，只因春色不知道我的内心。

五代·徐熙《玉堂富贵图》

徐熙，金陵（今江苏南京）人，一作钟陵（今江西进贤西北）人，生卒年不详。性情豪爽旷达，志节高迈，为人宁静淡泊，潜心绘事，穷学造化。擅画江湖间汀花、野竹、水鸟、鱼虫、蔬果，常游于山林园圃间，观察动植物情状，蔬菜茎苗皆入图画。这是一幅装饰意味很强的画。图上大朵的牡丹、洁白的玉兰、火红的杜鹃、风姿绰约的海棠、多姿多彩的石竹济济一堂，构成了强烈的视觉效果。下方一块玲珑的湖石，打破了花朵的单调；一只美丽的小鸟，色彩艳丽，为这幅图画增添了动感。花蕊繁复，枝干错杂。花叶均以双勾填彩方式描绘，工致秀丽。空隙又以石青敷染，画面填满色彩深艳的景物，显得富丽堂皇。

赴东都别牡丹①

令狐楚

十年不见小庭花，紫萼临开又别家②。
上马出门回首望，何时更得到京华③。

【难点疏通】

①东都：唐时洛阳为东都，长安为西都。 ②萼（è）：环列在花的最外一轮的叶状薄片，一般呈绿色。临开：刚开。 ③京华：京城。这里指长安。

【诗义解说】

已经有十年没有看到我家小庭院里的牡丹花，紫色的花朵刚刚开出时又离开了家。骑上马走出门回头望去，不知什么时候再能回到京华。

清·高凤翰《牡丹图》

高凤翰（1683～1748），字西园，号南阜老人，别号因地、因时、因病等，胶州（今山东胶县）人。工书画，草书圆劲，山水纵逸，纯以气胜，花卉亦奇逸得天趣。晚年右手残废，用左手挥洒，笔愈苍辣。一朵硕大的紫色牡丹花充斥着画面，鲜艳夺目，极有层次感。下面左右各有绿叶数枚相衬，叶片的向背用墨绿和浅绿加以区分，自然翻卷，顿添生机。整幅画面构图丰满，主次分明，用笔精工，设色明艳。

赏牡丹

刘禹锡

庭前芍药妖无格①，池上芙蕖净少情②。
惟有牡丹真国色③，花开时节动京城。

【难点疏通】

①庭前：庭院。妖：妖艳。无格：没有品格。 ②芙蕖：荷花的别名。 ③国色：在一国的花中颜色最美的。

【诗义解说】

院子里的芍药虽然妖艳却没有品格，池上的荷花虽然干净却少了感情。只有牡丹才是真正美丽的花朵，花开的时候惊动了整个京城。

清·高凤翰《自题牡丹图》

此图绘月上梢头，牡丹花开，月光中千娇百媚，婀娜生姿。叶子浓绿，充满朝气。花为黄色，更显其柔。此图布局十分精妙，花朵轻轻弯曲面向月亮，似对月光表现着某种柔情蜜意。而在月亮前映着一株小树，更显出月的朦胧。

咏牡丹赠从兄正封[①]

李益

紫蕊丛开未到家[②]，却教游客赏繁华。
始知年少求名处[③]，满眼空中别有花[④]。

【难点疏通】

①从兄正封：李正封，字中护，元和二年（807）登进士第，文宗时为中书舍人。诗题一作《牡丹》。 ②紫蕊：指牡丹紫色的花蕊。丛开：一丛丛地开着。 ③求名处：指进士题名处。据唐李肇《国史补》："唐进士自神龙以来，杏园宴后，皆于慈恩寺塔题名。他时有将相则朱书之。" ④别有花：指杏园中的杏花。杏园与慈恩寺南北相邻，均在长安朱雀门。后两句指李正封所追求的不是牡丹，而是杏园中的杏花，即进士功名。

【诗义解说】

紫色花蕊的牡丹已经一丛丛地盛开可还没有回到家，正好让这个游客来观赏京城这艳丽的鲜花。我这才知道青年人想看进士题名的地方，放眼望去看到的都是空中盛开的杏花。

南宋·李嵩《花篮图》

李嵩（1166～1243），钱塘（今杭州）人，南宋光宗、宁宗、理宗三朝（1190～1264）画院待诏。工画人物道释，尤长于界画，绘画题材丰富多样，从宫廷到民间、从城市到农村、从生产到生活、从吃喝到娱乐、从仙山到龙宫、从历史到现实，均在画中有所反映。此图系册页，画的左下角有"李嵩画"三字。画一精美的藤编提篮，内盛有牡丹、茶花、蜀葵、萱草等各色花卉，争奇斗艳，几乎要撑破花篮。画用工笔重彩，笔法严谨。在构图上，下端用平底花篮托住，显得沉稳，上面花卉呈弓形，犹如一座花山。在画家灵巧的笔下，这些花卉被描绘得水灵鲜嫩和娇艳，就像刚从枝上采摘下来似的，我们简直可以嗅到它们的香味。

海棠

海　棠[1]

李绅

海边佳树生奇彩，知是仙山取得栽。
琼蕊籍中闻阆苑[2]，紫芝图上见蓬莱[3]。
浅深芳萼通宵换[4]，委积红英报晓开[5]。
寄语春园百花道，莫争颜色泛金杯[6]。

【难点疏通】

①海棠：落叶小乔木，花五至七朵簇生，未开时红色，开后渐变为粉红色，多为半重瓣，少有单瓣花。海棠花姿潇洒，花开似锦，自古以来是雅俗共赏的名花，素有“花中神仙”“花贵妃”“花尊贵”之称。②琼蕊：玉样花蕊，形容海棠为仙界之花。阆苑：传说仙人居住的地方。③紫芝：真菌的一种，也称木芝，似灵芝，古人以为瑞草或仙草。蓬莱：神话传说中的海外三仙山之一。④芳萼：花萼。通宵换：一夜就改变了形状。⑤委积：层层堆积。形容花开得繁密。⑥泛金杯：古俗于三月三日在环曲的水边宴集，把酒杯放在水上，任其泛流，停在谁面前，谁就得取而饮之，称“曲水流觞”。后两句是说，百花不要争说自己美丽，要看酒杯停在谁的面前。

【诗义解说】

海边的美丽树上生出了奇异的色彩，谁都知道那是从仙山上取来栽在这里的。玉一样的花蕊听说记载在阆苑的仙籍上面，在蓬莱山的紫芝图上也可见到她的风采。深深浅浅的花萼一夜就变了样子，红色的花朵层层叠叠一到天亮就已盛开。告诉春天花园里的那些百花，不要争说自己美丽看酒杯停在谁的面前。

南宋·林椿《海棠图》

林椿，生卒年不详，钱塘（今杭州）人，淳熙（1174～1189）时任画院待诏。工花草、翎毛、瓜果，敷色轻淡，精工逼真，所绘花鸟果品，小品为多，“极写生之妙，莺飞欲起，宛然欲活”。此为写生画。图绘西府海棠一枝，枝上鲜花簇拥，或灼灼盛开，或含苞欲放，在绿叶的衬托下，无比艳丽。花之设色，以白粉为底，罩以胭脂红，勾画晕染并用，工整细致，清丽端雅，娇柔可人，栩栩如生。

海棠 何希尧

著雨胭脂点点消[①]，
半开时节最妖娆[②]。
谁家更有黄金屋，
深锁东风贮阿娇[③]。

【难点疏通】

①胭脂：一种用于化妆和画国画的红色颜料。这里指花的颜色。 ②妖娆：妩媚多姿。 ③“谁家”二句：据《汉武故事》：“帝以乙酉年七月七日生于猗兰殿。年四岁，立为胶东王。数岁，长公主嫖抱置膝上，问曰：‘儿欲得妇不？’胶东王曰：‘欲得妇。’长公主指左右长房御百余人，皆云不用。末指其女问曰：‘阿娇好不？’于是乃笑对曰：‘好，若得阿娇，当作金屋贮之也。’”这里用贮阿娇表示对海棠的珍爱。

【诗义解说】

雨点落在海棠花上红色一点点消失，花朵半开的时候最为好看。谁家还有用黄金筑的房屋，留住东风把阿娇贮藏在里面。

清 · 奚冈《海棠玉兰图》

奚冈（1746～1803），清代篆刻家、书画家。原名钢，字铁生、纯章，号萝龛、蝶野子，别号鹤渚生、蒙泉外史等，原籍安徽新安（今歙县），寓浙江杭州西湖。擅篆刻，工诗善书，长于绘画，山水潇洒清润，兰竹超脱。图中所绘海棠和玉兰，相互依并而生。玉兰纯洁无瑕，海棠白里透红，有素有红，互为映照。花有大有小，大的纤秀，小的玲珑，相映成趣。此图兼工带写，以工笔为主，写意为辅，彰显了花的高雅。

海 棠

吴融

云绽霞铺锦水头①，占春颜色最风流。
若教更近天街种②，马上多逢醉五侯③。

【难点疏通】

①锦水：即锦江，在今四川成都市南。 ②天街：京城中的街道。 ③五侯：古代指公、侯、伯、子、男等诸侯。后泛指贵族。

【诗义解说】

云朵一样绽放彩霞一样铺开在锦江水畔，占尽了春天的颜色最为风流。如果让它们生长在京城的街道上，就会碰到许多喝醉酒的五侯。

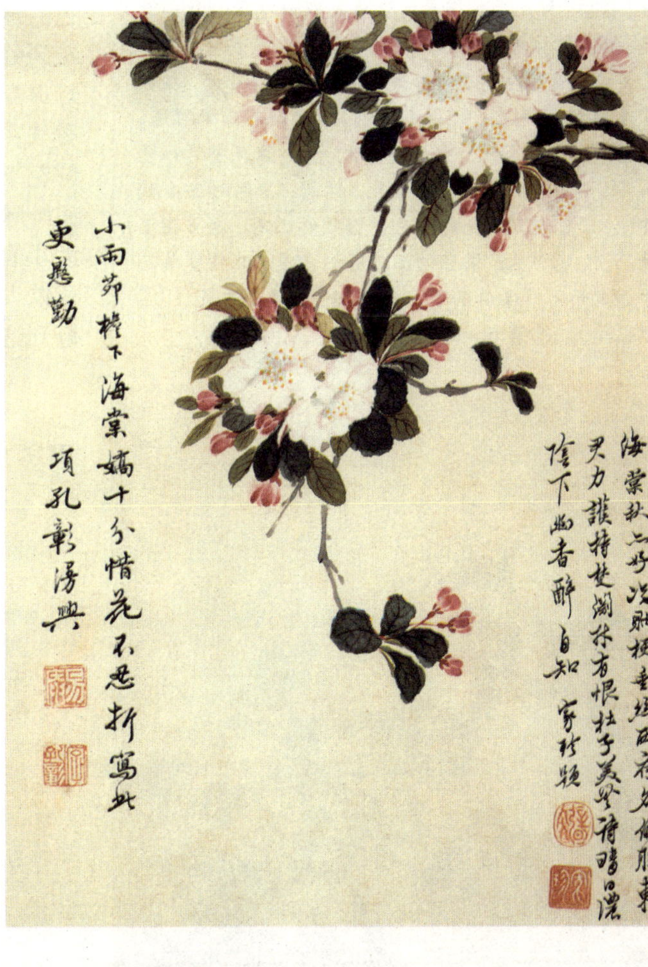

明·项圣谟《花卉图册·海棠》

项圣谟（1597～1658），字孔彰，号易庵，又号胥山樵，别号松涛散仙、存存居士等，秀水（今浙江嘉兴）人。画树石、屋宇、花卉、人物皆精，山水设色明丽，风格清隽。本册共计十开，这里选的是海棠一开。图上绘海棠一枝，自上垂垂而下，枝繁叶茂。花朵欲开、半开、盛开，极有层次。叶则用浓淡不同的颜色表现其老嫩向背。画面艳而不俗，颜色浓而不腻，显示出作者高超的绘画技巧。

蔷薇

溧阳唐兴寺观蔷薇花同诸公饯陈明府[①]

孟郊

忽惊红琉璃[②]，千艳万艳开。
佛火不烧物[③]，净香空徘徊[④]。
花下印文字[⑤]，林间咏觞杯。
群官饯宰官[⑥]，此地车马来。

【难点疏通】

①溧阳：县名，在今江苏省溧阳县西北旧县村市。蔷薇：原产于我国黄河流域及以南地区的低山丘陵、溪边、林缘及灌木丛中，现全国普遍栽培。野蔷薇多自然分布于溪畔、路旁及园边、地角等处，往往密集丛生，满枝灿烂，微雨或朝露后，花瓣红晕湿透，景色颇佳。花有红、白、粉、黄、紫、黑等色，红色居多，黄蔷薇为上品，有香气。明府：唐时对县令的称呼。 ②琉璃：一种有色半透明的玉石。这里指蔷薇花。 ③佛火：供佛的油灯香烛之类。此指蔷薇花开如火而不燃煤质东西。 ④净香：纯净的香气。 ⑤印：写。 ⑥宰官：这里指县官。

【诗义解说】

忽然惊奇地看到遍地红色的琉璃，千朵万朵娇艳的花到处盛开。红得像供佛的灯火却不燃烧东西，纯净的香气在空气中播散。我们在鲜花下写着诗篇，又在树林间吟咏并畅饮开怀。县里的大小官员都在为县令饯行，所以人们或坐车或骑马纷纷赶到这里来。

南宋·马远《白蔷薇图》

马远（1140～1225），字遥父，号钦山，原籍山西，后居钱塘（今杭州）。光宗、宁宗朝（1190～1224）画院待诏，山水、人物、花禽皆精，与夏圭齐名，时称“马夏”。所绘多残山剩水，故人又称“马一角”。此图尽显白蔷薇的美丽。花用细笔勾勒，又用白粉晕染，叶的正反向背，花的层次，都表现得一丝不苟。颜色明艳而不失清新，枝用浓墨绘出，与白色的花、绿色的叶交相辉映，赏心悦目。

戏题新栽蔷薇

白居易

移根易地莫憔悴，野外庭前一种春①。
少府无妻春寂寞②，花开将尔当夫人③。

【难点疏通】

①庭前：院子里。 ②少府：县尉的别称。时白居易任盩厔（今陕西省周至县）尉。③尔：指蔷薇花。

【诗义解说】

把根移来换了个地方请你不要憔悴，在野外和在庭院里春天都是一样。少府我还没有妻室春天时节感到寂寞，等开花时我就娶你做我的新娘。

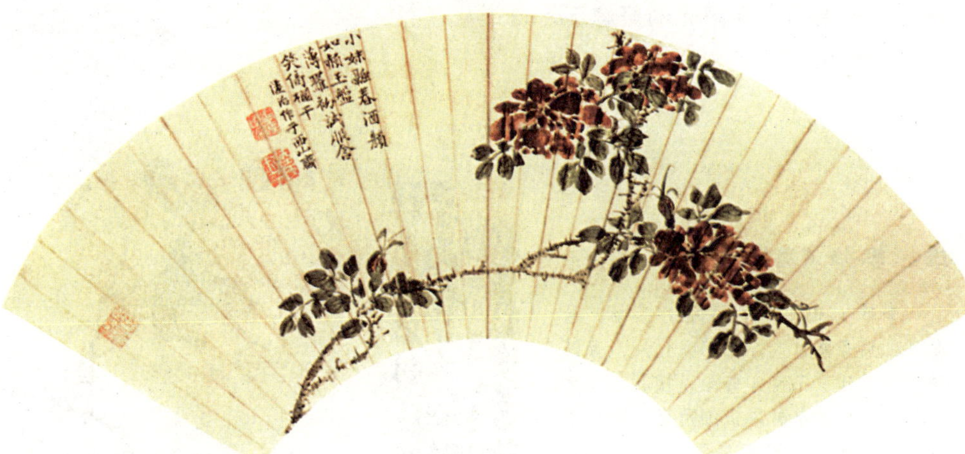

明·陆治《蔷薇图》

陆治（1496～1576），字叔平，号包山、阳城居士，江苏苏州人。精诗词古文，擅长花鸟，工笔、写意俱精，山水自成一家。此扇面绘蔷薇一枝，由左向右虬曲而出，花繁叶茂，争奇斗艳。花枝用意笔点染，细笔勾出小刺；花叶用没骨法，既写实又具清雅之气。构图简洁，设色淡而不薄。

重题蔷薇

皮日休

浓似猩猩初染素①，轻如燕燕欲凌空。
可怜细丽难胜日②，照得深红作浅红。

【难点疏通】

①猩猩：一种哺乳动物，个头比猴子大，头尖，嘴部突出，两臂很长，全身有赤褐色长毛，以野果为生。猩猩的血颜色鲜红，后借指鲜红色。素：白绢。
②胜日：超过太阳。

【诗义解说】

深红的颜色就像猩猩的血刚染过的白绢，轻盈得就像燕子飞上高空。可怜的是过于纤细美丽难以超过太阳，在阳光的照耀下深红变成浅红。

清·李鱓《蔷薇花图》

李鱓（1686~1762），字宗扬，号复堂，别号懊道人，江苏兴化人，曾以画供奉内廷。工诗文书画，擅花卉、竹石、松柏，早年画风工细严谨，颇有法度。中年始转入粗笔写意，大胆泼辣，挥洒自如，感情充沛，富有气势，为"扬州八怪"之一。图绘蔷薇枝条或向下垂挂，或向上伸展，穿插交错，意趣横生。叶片采用双勾，用花青染色，花朵则没骨双勾并用，色粉交融，妙合自然。画家自题诗一首："棘手何妨刺在枝，娇魂冷蕊堕青丝。为渠两种春风艳，写到残霞月上时。"

梅

早梅①

张谓

一树寒梅白玉条②，迥临村路傍溪桥③。
不知近水花先发，疑是经春雪未销。

【难点疏通】

①梅：一种落叶乔木，品种很多，性耐寒，叶子卵形，早春开花，花瓣五片，有粉红、白、红等颜色，气味清香。果实球形，青色，成熟后变成黄色，可以食用，味酸。 ②白玉条：因枝条上开满白色的梅花，整枝看上去就像条条白玉。 ③迥临：远远地靠在。

【诗义解说】

一株梅树上开满了梅花就像一条条白玉，远远地靠在村边的小路依傍在溪上的小桥。不知道是因为靠近水边而花先开放，还以为是过了一春的雪没有融消。

南宋·杨无咎《四梅图》（选二）

扬无咎（1097～1169），字补之，号逃禅老人、清夷老者，江西清江人。他创造了两种画梅方法：一是烘托法，用水墨在绢上烘染作为底色，托出点点洁白的花朵；一为圈花法，即用墨线勾出花瓣。此图分四部分，分别绘梅花未开、将开、盛开、将残四种形态。第一幅蓓蕾含苞，嫩枝舒张，预告花期将近；第二幅花蕾初绽，犹如含羞少女半露粉面；第三幅已见朵朵繁花缀于枝头，似有暗香袭来；第四幅表现残萼败蕊，片片落红随风飘散。冷蕊疏香，表现了梅花的高标清韵，实为画梅中的杰作。

江梅

杜甫

梅蕊腊前破[①]，梅花年后多。
绝知春意好[②]，最奈客愁何。
雪树元同色[③]，江风亦自波。
故园不可见，巫岫郁嵯峨[④]。

【难点疏通】

①腊前：腊月之前。古代称农历十二月为腊月。破：开。 ②绝知：最知。 ③元：原。 ④巫岫：巫山。嵯峨：形容山高。

【诗义解说】

梅花的蕊腊月之前露出了笑脸，过年之后梅花就开得特别多。我深知春天时光的美好，怎奈客居他乡愁绪太多。白雪和梅树本来就是一个颜色，江上的风吹来自然形成了水波。遥远的故乡无法见到，我看见高高的巫山把青天刺破。

南宋·马麟《层叠冰绡图》

马麟，生卒年不详，原籍河中（今山西省永济），南渡后三代居钱塘，遂为钱塘（今浙江省杭州市）人。擅画人物、山水、花鸟，用笔圆劲，轩昂洒落。此图是马麟花鸟画的存世名作。描绘绿萼梅两枝，一俯一仰，婀娜多姿。据称，绿萼梅花萼蒂纯绿，枝梗带青，系梅花中极名贵的品种。画面梅开似玉蕊古风，琼葩含露，绰约玲珑，清幽冷艳。扶疏的瘦枝玉蕊清冷，暗香浮动。画家以勾勒法淡墨细线写出花瓣，再层层填色。以水墨绘枝，重彩染花，强烈的对比映衬，生动地体现了寒梅冰肌玉骨之美。

江滨梅

王适

忽见寒梅树，开花汉水滨①。
不知春色早，疑是弄珠人②。

【难点疏通】

①汉水：也称汉江，是长江最长的支流。发源于陕西省宁强县，流经湖北省，在武汉市入长江。 ②弄珠人：玩珠的人。

【诗义解说】

忽然看见寒风中的一株梅树，盛开在汉水之滨。不知道是今年春天来得早，还以为是在岸边玩珍珠的人。

南宋·佚名《花卉四段·梅花》

此图所绘是从树上折下的一枝老干，十分劲挺，新折的碴口还很新鲜，干上伸出几株嫩枝，枝上疏疏落落地开着几朵洁白的梅花，在赭黄色的底子上格外醒目。还有一条嫩枝笔挺向上，却没有花朵，表现了无限生机。用笔工细，设色典雅。

梅溪

张籍

自爱新梅好①，行寻一径斜②。
不教人扫石③，恐损落来花。

【难点疏通】

①新梅：刚刚开出的梅花。 ②斜：指小路曲曲折折。 ③石：指用石头铺的路面。

【诗义解说】

我自己十分喜欢刚开出的梅花，沿着曲曲折折的小路前去找寻。不让打扫铺着石头的路径，怕的是落下来的花朵受到糟损。

元·王冕《墨梅图》

王冕（1287～1359），字元章，号竹斋，别号梅花屋主，诸暨枫桥人。自幼好学。诗多描写田园生活，同情人民疾苦，谴责豪门权贵，轻视功名利禄。一生爱好梅花，种梅、咏梅又工画梅。书法、篆刻皆自成风格。此图所绘梅枝横空而出，从右向左，渐渐由粗变细，疏落有致。枝上的梅花点点，盛开得不多，大都含苞欲放，似在报告着春天即将到来的消息。图用重墨绘枝，蜿蜒于整个画面，舒展挺秀。淡墨涂花瓣，浓墨点花蕊，既显示出梅花的清新丽质，又给枝干造成一种强劲的生命力度。

中庭

韩偓

夜短睡迟慵早起①，日高方始出纱窗。
中庭自摘青梅子②，先向钗头戴一双③。

【难点疏通】

①慵：懒。 ②青梅：梅树的果实。 ③钗头：插着钗的头。钗，古人用来挽住头发的一种首饰。

【诗义解说】

夏夜很短睡得又晚所以懒得早起，太阳已经升起很高才刚刚卷起纱窗。在院子里自己摘下青色的梅子，首先向插着钗子的头上戴上一双。

清·金农《花卉蔬果图·青梅》

金农（1687～1764），字寿门、司农、吉金，号冬心、稽留山民、曲江外史等，别号有金牛、老丁等，浙江仁和（今杭州）人，久居扬州。博学多才，精篆刻、书画鉴定，善画竹、梅、鞍马、佛像、人物、山水，尤精墨梅。"扬州八怪"之一。此图画面十分简单，只有两株梅枝，一枝从上垂下，一枝从左侧伸出，枝上长着诱人的梅子，叶子浓绿，果实青色，对比鲜明，突出了青梅的特点。图上有作者题诗一首："江南暑雨一番新，暼见青青叶底匀。梅子酸时酸不了，世间多少皱眉人。"

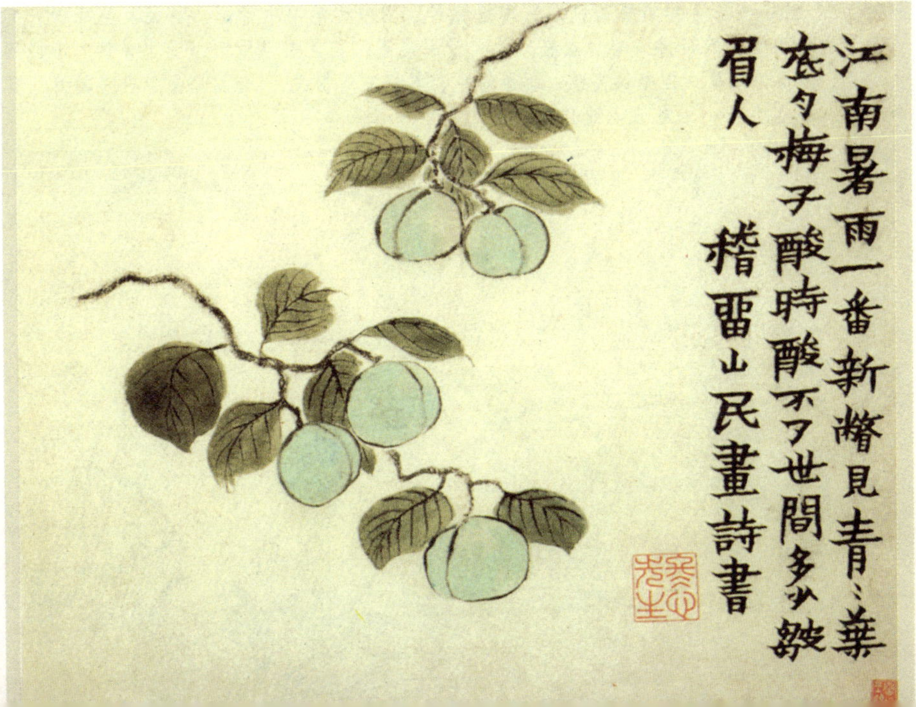

兰

芳兰

李世民

春晖开紫苑①，淑景媚兰场②。
映庭含浅色③，凝露泫浮光④。
日丽参差影⑤，风传轻重香。
会须君子折⑥，佩里作芬芳⑦。

【难点疏通】

①紫苑：供帝王游赏的花园。②淑景：美丽的景色。媚：使美。兰场：种植兰花的地方。③庭：堂前空地。④泫（xuàn）：展现。⑤丽：过。⑥会须：该当。⑦佩里：佩带在衣内。

【诗义解说】

春天的光辉展现在帝王的花园里，美丽的景色就在那种植兰草的地方。阳光照在堂前浅浅的兰草上，凝聚的露水在阳光下闪闪发光。日光掠过在兰草上留下参差的影子，暖风吹来一阵淡一阵浓的芳香。这样美丽的花朵只该君子采摘，佩带在衣服里散发出阵阵芬芳。

南宋·赵孟坚《墨兰图》

赵孟坚（1199～1264），宋宗室，太祖十一世孙。字子固，号彝斋居士，浙江湖州人。工诗善书，擅水墨白描水仙、梅、兰、竹石，其中以墨兰、白描水仙最精，给人以“清而不凡，秀而雅淡”之感。画面上绘墨兰二株，呈放射状的长叶参差错落，分合交叉，俯仰伸展。作者自题诗曰：“六月衡湘暑气蒸，幽香一喷冰人清。曾将移入浙西种，一岁才华一两茎。”诗中表露了作者孤高脱俗的思想境界。图中运笔柔中带刚，花朵及兰叶均一笔点画，土坡用飞白笔轻拂，略加点苔。兰叶皆用淡墨，花蕊墨色微浓，变化含蓄，形成墨色对比。画虽为水墨，但格调高雅，远胜着色。其好友周密说：“赵孟坚墨兰最得其好，其叶如铁，花茎亦佳……前人无此作也。”

感遇　　陈子昂

兰若生春夏①，芊蔚何青青②。
幽独空林色，朱蕤冒紫茎③。
迟迟白日晚，袅袅秋风生④。
岁华尽摇落⑤，芳意竟何成⑥。

【难点疏通】

①兰若：兰草和杜若，均为香草。②芊蔚：草木长得茂盛。何：多么。③朱蕤：红花。冒：长出。④袅袅：微风吹拂的样子。⑤摇落：凋零。⑥芳意：春意。

【诗义解说】

兰草和杜若生长在春天和夏天，草木长得十分茂盛远远望去一片青葱。兰花孤寂地生长在深林里使别的花都失去了颜色，紫色的茎干上长出的花朵十分鲜明。太阳缓缓地落下山去天色已晚，一阵微弱的秋风吹来天气已有些冷。一年的繁华都已经凋落飘零，春天的美景究竟应该怎样生成？

南宋·郑思肖《墨兰图》

郑思肖（1241～1318），连江（今属福建）人，字亿翁，号所南。宋末曾以太学生应博学鸿词试，授和靖书院山长，宋亡后，隐居平江（今江苏苏州）。坐卧必向南，誓不与北人交往，因号所南。擅画墨兰，兼工墨竹，画兰根不著土，以寄故国之思。图绘墨兰一丛，叶片舒张有致，逸态横生，不施色彩，只用淡墨描绘，形象清雅，寄托了作者超凡脱俗的情怀。作者选取高洁的兰花作为绘画题材，发展了北宋以后的文人画，并为后世所模仿。数笔兰叶夹双蕾，笔笔劲挺硬朗，气格高洁清俊，书、画的用笔颇具隶书之意，讲求隶书内敛含蓄的笔韵。

赠友人

李白

兰生不当户①，别是闲庭草②。
夙被霜露欺③，红荣已先老。
谬接瑶华枝④，结根君王池⑤。
顾无馨香美⑥，叨沐清风吹⑦。
余芳若可佩，卒岁长相随⑧。

【难点疏通】

①不当户：不对着门。 ②别是：与此不同。 ③夙被：总是被。 ④谬接：错误地接在。瑶华：玉华。 ⑤结根：根生长在。 ⑥顾无：虽然没有。 ⑦叨（tāo）沐：承受沐浴。 ⑧卒岁：一年到头。

【诗义解说】

兰花虽然没有生长在庭院里，但也与庭院里的野草不同。总是受到霜露的欺凌，红红的颜色早早地衰老凋零。错误地接在开着玉花的枝上，又把根扎在君王的池中。虽然没有动人的浓烈芳香，却也承受着阵阵吹来的清风。余下的芳香如果可以佩戴，那么一年到头都可伴随着我们。

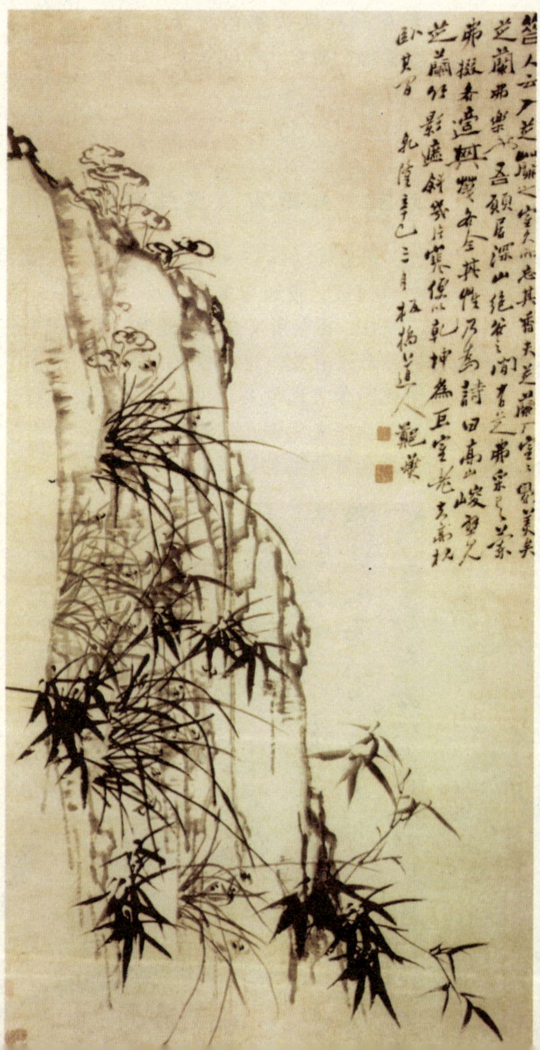

清·郑燮《芝兰图》

郑燮（1693～1765），字克柔，号板桥，江苏兴化人，康熙秀才，雍正举人，乾隆进士。画家、书法家、文学家，客居扬州，以卖画为生，为“扬州八怪”之一，诗、书、画世称“三绝”，画擅长兰竹。图绘山崖一角，崖壁峭立，如刀劈斧削，缝隙之间灵芝朵朵，兰草丛丛，竹叶劲挺。此图构思精妙，山崖纵向取势，兰草、灵芝、竹子则横向滋生。纵向笔墨粗犷，横向则酣畅淋漓，整幅画布局完美。

兰 唐彦谦

清风摇翠环①，凉露滴苍玉②。
美人胡不纫③，幽香蔼空谷④。

【难点疏通】

①翠环：翠绿的璧玉。这里指兰的叶。 ②苍玉：青色的玉。指兰的花。 ③“美人”句：语出屈原《离骚》：“纫秋兰以为佩。”美人，指品德高尚的人。胡，为什么。 ④蔼：笼罩，布满。

【诗义解说】

清风摇动着翠绿的兰叶，清凉的露水滴在青玉一样的花心。美人为什么不把它编织起来，兰花的幽幽香气已经弥漫在空荡的山中。

明·项圣谟《楚泽流芳图》（局部）

这幅十米多的长卷，以兰竹为主。画面上平溪坡石，连绵起伏间兰草丛生，墨竹荆棘、桂树穿插其间，石缝处细草如茵。图中兰叶用中锋细笔点画，顿挫有法，抑扬取势。兰花如彩蝶飞舞，妙趣横生。坡石用淡墨渲染，苔用卧笔横点，湖水用细笔勾水纹，富有动感。虚实结合，繁而不乱，疏而不空。

蕙兰

和令狐侍御赏蕙草[①]

杜牧

寻常诗思巧如春[②]，又喜幽亭蕙草新[③]。
本是馨香比君子[④]，绕栏今更为何人。

【难点疏通】

①蕙草：即蕙兰，叶似兰草而稍瘦长，晚春开花，一茎上可开八九朵，香气比兰要差一些，颜色也略淡一些。 ②寻常：平常。 ③幽亭：幽深的亭子。 ④馨香：香气浓烈。

【诗义解说】

平常的诗思到了春天就显得非常灵巧，又让我感到高兴的是幽深的亭子周围蕙草一片清新。本来人们都把蕙草的馨香比作君子，可绕着围栏生长又是为什么人？

清·胡远、任颐《芝石丛蕙图》

图上一块高大的湖石瘦而且透，石下一丛蕙草长得十分茂盛，花正开得鲜艳。石后若隐若现长着两株灵芝。湖石用皴擦绘出，而蕙则用细笔勾勒，全图显得和谐而韵味十足。

秋馆言怀

钱起

蟋蟀已秋思[①]，蕙兰仍碧滋[②]。
蹉跎献赋客[③]，叹息此良时[④]。
日夕云台下[⑤]，商歌空自悲[⑥]。

【难点疏通】

①秋思：想到了秋天。 ②碧滋：碧绿滋润。 ③蹉跎：失意不顺。献赋客：写诗的人。 ④良时：好时候。 ⑤云台：高耸入云的台阁。 ⑥商歌：悲凉的歌。

【诗义解说】

蟋蟀的叫声使人想到秋天已经到来，蕙兰仍然是那样的碧绿润滋。失意不顺的诗人，感叹这正是个难得的时机。每天晚上都在这高耸入云的台子下面，白白地唱着悲凉的歌曲。

清·任颐《蕙兰竹鸡图》

任颐（1840～1896），字伯年，浙江山阴人。所画题材极为广泛，人物、花鸟、山水、走兽无不精妙。用笔用墨，丰富多变，构图新巧，创造了一种清新流畅的独特风格，独树一帜。嶙峋的山石上站着一只竹鸡，背向而立，一枝蓊郁的蕙兰向左斜向伸出，与右边的山石和竹鸡构成了平衡。蕙兰双勾填色，绿叶白花，十分艳丽。竹鸡描绘细腻，褐色羽毛中敷以白粉，稚气可爱。

荷

采莲曲

王昌龄

荷叶罗裙一色裁①，
芙蓉向脸两边开②。
乱入池中看不见③，
闻歌始觉有人来。

【难点疏通】

①“荷叶”句：荷叶的颜色与采莲女罗裙的颜色一样。 ②芙蓉：荷花的别称。向脸：对着采莲女的脸。此句说采莲女的脸与荷花一样美。 ③乱入池中：指采莲女摆动小舟碰到荷叶显得有些乱。

【诗义解说】

荷花的叶与采莲女的罗裙如同一个颜色，荷花对着采莲女的脸向两边分开。一阵忙乱进入池中已经看不见，听到歌声才知道有人到来。

南宋·佚名《出水芙蓉图》

此图绘出水荷花一朵，淡红色晕染，花下衬以绿叶，叶下荷梗三枝。作者用俯视特写手法，描绘出荷花的雍容外貌和出淤泥而不染的特质。全图笔法精工，设色艳丽，不见墨笔勾痕。图中红花绿叶占据整个画面，这种丰满的构图如肖像般使我们能直观地欣赏这娇嫩柔美的荷花。细腻的笔调把荷花的清纯高洁、出淤泥而不染的品格表现得入木三分，是我国古代花鸟画中少有的精品。

采莲曲

陈去疾

粉光花色叶中开①，荷气衣香水上来。
棹响清潭见斜影②，双鸳何事亦相猜③。

【难点疏通】

①粉光：粉色的荷花发出的光。 ②棹：船桨。 ③猜：怀疑，猜忌。

【诗义解说】

散发着粉色光彩的花朵在叶子中间盛开，荷花熏衣的香气是从水上飘来。船桨响动在清澈的潭水里见到了斜斜的影子，相依相并的鸳鸯因为什么事也在相互疑猜。

清·任熊《十万图册·万点青辉》

任熊（1820～1864），字渭长，号湘浦，别署任公子，浙江萧山人。与任熏、任颐合称“三任”，加任预也称“四任”；又与朱熊、张熊合称“沪上三熊”。善山水、人物、花卉、翎毛、虫鱼、走兽，笔力雄厚，气味静穆。此图场面十分开阔，绿色的莲花连成一片，层层叠叠，由近及远，连绵不断。在水上还立着两块玲珑的巨石，打破了画面的单调。荷叶采用勾填法，清晰地勾出脉络，白莲用细笔勾出花瓣，极有层次感。石用皴染，突显其苍劲的个性。

秋池一枝莲

郭恭

秋至皆零落①，凌波独吐红②。
托根方得所③，未肯即随风。

【难点疏通】

①零落：凋零。 ②凌波：在水面上。吐红：开红色的花。 ③托根：把根寄托在。

【诗义解说】

秋天到了万物都已凋零，只有水面上的荷花仍然吐着鲜红。把根寄托在池塘正是应得之所，它不肯随着秋风任意飘动。

清·任颐《香远益清图》

图上一枝荷叶以铺天盖地之势占据大半幅画面，还有两枝荷叶亦分去一角江山，在黄色背景下，叶子的翠绿格外显眼，有一种豪放之气充溢画端。叶后有一朵荷花，半遮半掩，犹如雾里美人。此图采用勾填法，设色鲜活而靓丽，极富立体感。

阶下莲

白居易

叶展影翻当砌月①，花开香散入帘风。
不如种在天池上②，犹胜生于野水中。

【难点疏通】

①砌月：照在台阶上的月光。砌，台阶。 ②天池：仙界池塘。

【诗义解说】

荷叶舒展影子翻动在皎洁的月光下，荷花的香气随着轻风进入帘栊。虽不如种植在仙界的池塘，但也胜过生长在野水之中。

明·项圣谟《花卉图册·荷》

本册共计十开，这里选的是荷花一开。图绘一硕大荷叶位于画的底部，使整幅画增加了稳定感。一枝嫩叶伸出，正欲展开叶子，中间一株含苞待放的荷花亭亭玉立，周围有细草、红蓼点缀。此图构思精巧，上部留有空白，为荷花的生长留出巨大的空间。

葵

蜀葵花歌①

岑参

昨日一花开，今日一花开。
今日花正好，昨日花已老②。
始知人老不如花，可惜落花君莫扫。
人生不得长少年，莫惜床头沽酒钱③。
请君有钱向酒家，君不见，蜀葵花。

【难点疏通】

①蜀葵：多年生草本植物，茎直立，高六七尺；叶大，略似心脏形；花五瓣，有红、紫、黄白等颜色，可供观赏；根可入药。 ②老：枯萎。 ③沽酒：买酒。

【诗义解说】

昨天开了一朵，今天又一朵花儿开。今天开的花颜色正鲜艳，而昨天开的已经衰败。这才知道人老了都不如花，可怜的是花已落地无人理睬。人的一生不可能永远年轻，不要珍惜床头上那点酒钱。请您有钱就送到酒家去，您没看见眼前的蜀葵花多么无奈。

南宋·佚名《蜀葵图》

图中所绘蜀葵十分鲜艳，五颜六色，争奇斗艳。硕大的叶子浓绿，与花朵相映成趣。作者用工笔重彩，勾染并用，设色妍丽，对比强烈。花朵极有层次感，且用金线勾描花瓣边缘，使花朵更加娇艳。描绘细致工整，色泽浓厚，墨线几不得见，花开之姿被表现得分外妖娆。

蜀葵　陈标

眼前无奈蜀葵何，
浅紫深红数百窠①。
能共牡丹争几许②，
得人嫌处只缘多③。

【难点疏通】

①窠：通“棵”。 ②共：跟。几许：多少。 ③得人嫌：惹人讨厌。

【诗义解说】

眼前对那些蜀葵真是没有办法，有的浅紫有的深红足有数百棵。能跟牡丹争夺多少美色，惹人讨厌只是因为太多。

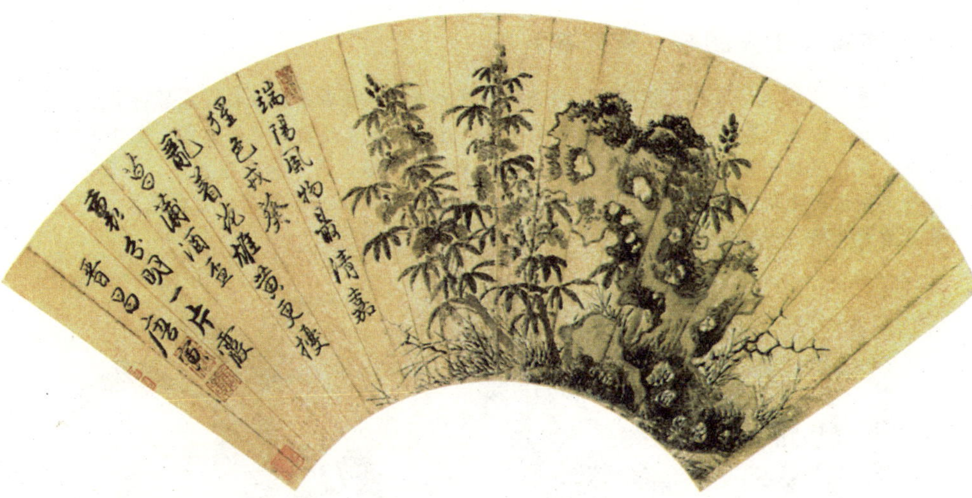

明·唐寅《蜀葵图》

唐寅（1470～1523），字子畏、伯虎，号六如居士、桃花庵主等，自称江南第一风流才子，吴县（今江苏苏州）人。擅山水、人物、花鸟，山水雄伟险峻，笔墨细秀，布局疏朗，风格秀逸清俊。人物画线条清细，色彩艳丽清雅，体态优美，造型准确。此图绘玲珑剔透的太湖石一大一小，形状奇特。数枝蜀葵斜伸而出。花朵用没骨法，叶的正面用浓墨，反面用淡墨。湖石勾皴笔法繁复，均用中锋，而杂草、荆棘、坡土则随意涂抹。构图严谨，兼工带写，笔墨劲健苍润。

黄蜀葵

薛能

娇黄新嫩欲题诗，尽日含毫有所思[①]。
记得玉人初病起[②]，道家妆束厌禳时[③]。

【难点疏通】

①尽日：整天。含毫：含笔于口中。比喻为文或作画。 ②玉人：这里指黄蜀葵。初病起：大病初愈。 ③道家妆束：指黄蜀葵花素淡。厌禳（ráng）：指用巫术祈祷除灾降福的活动。

【诗义解说】

娇艳的黄色鲜嫩欲滴就想要题写诗句，整天含着毛笔若有所思。记得这就像美人得病刚刚好转，穿起道家的装束祈求福佑之时。

清·罗聘《花卉图册·黄蜀葵》

罗聘（1733～1799），字遁夫，号两峰、花之寺僧，祖籍安徽歙县，寓居扬州，工人物、佛像、山水、花果、梅竹。图绘蜀葵一枝，茎叶用石青绘出，花用黄色，在绿叶的映衬下，黄花显得十分鲜艳。花朵自下而上，一朵已经枯萎，另一朵正在盛开，再往尖端，则均是刚刚萌生的花蕾，显示出花开的无穷层次。虽然构图并不繁杂，但运笔灵活多样，笔意清新秀逸，设色明净淡雅。

秋葵[1]

唐彦谦

月瓣团栾剪赭罗[2]，
长条排蕊缀鸣珂[3]。
倾阳一点丹心在[4]，
承得中天雨露多[5]。

【难点疏通】

①秋葵：一年生草本植物，根系发达，吸收力强，夏秋开花，花色艳丽，具观赏价值。原产中国和日本。秋葵已成为人们所热追的高档营养保健品，风靡全球。药用可强肾补虚。 ②月瓣：圆月似的花瓣。团栾：圆。赭罗：红色丝织品。 ③鸣珂：古代显贵所乘的马以玉为饰，行走时发出响声，称“鸣珂”。珂，一种白色似玉的美石。 ④倾阳：向着太阳。 ⑤中天：高空。

【诗义解说】

月亮一样圆的花瓣像剪下来的赭罗，长长枝条缀满花蕊如美玉一样的娇色。向着太阳花心内一点鲜红，承受着天空中的雨露美丽多多。

南宋·佚名

《秋葵图》

图上一枝秋葵由右下向左上伸出，婆娑有致。一朵盛大的白花开得正艳，还有其他半开、欲开、含苞待放的花朵。花瓣纤秀，色泽淡雅，再配有稀疏的细长绿叶，更显得清纯典雅，亭亭玉立。花瓣用粉细勾，叶用重绿，花大而叶疏，布局严谨。

夜合花

夏夜宿表兄话旧

窦叔向

夜合花开香满庭[①]，夜深微雨醉初醒。
远书珍重何曾达，旧事凄凉不可听。
去日儿童皆长大[②]，昔年亲友半凋零。
明朝又是孤舟别[③]，愁见河桥酒幔青[④]。

【难点疏通】

①夜合花：又名夜香木兰，原产我国南部，树形小巧玲珑，夏季开绿白色球状小花，昼开夜闭，幽香清雅，在南方常植于公园和庭院中。②去日：以前离开的时候。③明朝：明天早晨。④酒幔：酒幌。

【诗义解说】

夜合花开的时候满院飘香，夜已深下了一场小雨酒醉刚刚清醒。向远方的朋友发出一封珍重的书信什么时候才能到达，过去的事情太过凄凉不愿意再去听。以前离开的时候小孩都已长成大人，过去的亲朋好友半数已经凋零。明天早晨又是乘着孤舟分手，一心愁绪看见了桥边酒幌青青。

南宋·佚名《夜合花图》

此图构图饱满而伸缩自然，数朵白色的花朵，有的已经盛开，有的露出半个笑脸，有的则含苞待放，有的甚至只露一丝白色以示变化，精工细致，不疏漏一丝一毫，足见作者写生能力之高。花用白粉晕染，花叶用中锋细笔勾勒轮廓和叶脉后，染以花青和石绿，枝干用红褐色精细勾描，艳而不俗。

对晚开夜合花赠皇甫郎中

白居易

移晚校一月[①]，花迟过半年。
红开杪秋日[②]，翠合欲昏天[③]。
白露滴未死，凉风吹更鲜。
后时谁肯顾[④]，唯我与君怜。

【难点疏通】

①校：计算，查点。 ②杪：尽头。 ③昏天：天色发暗。 ④后时：落在节令之后。

【诗义解说】

时间到了晚上计算起来已经有一个月，花儿迟开已经过了半年。红色的花朵盛开的时候已经到了秋天的末尾，翠绿的枝叶合并在一起天空都有些昏暗。白露降落下来花并没有冻死，凉风吹来开得更加鲜艳。花儿过时才开谁肯前来光顾，只有我才对你产生如此爱怜。

南宋·佚名

《夜合花图》

图中夜合花叶翠花白，花或含苞、或微绽、或半开，形态各异，让人能够感受到生长的律动。花敷色素净而显典雅，叶则因其正反、向背、翻卷及虫蚀而施以不同色调，枝则质感十足。整幅画工整细腻，是宋代院体的经典之作。

桃

山中问答

李白

问余何意栖碧山①，
笑而不答心自闲。
桃花流水窅然去②，
别有天地非人间。

【难点疏通】

①栖：居住。碧山：翠绿的群山。 ②窅然：深远的样子。

【诗义解说】

问我因为什么居住在绿色的深山，我笑而不答内心自在悠闲。随着桃花流水深深地走去，那里另有一番天地不是人间。

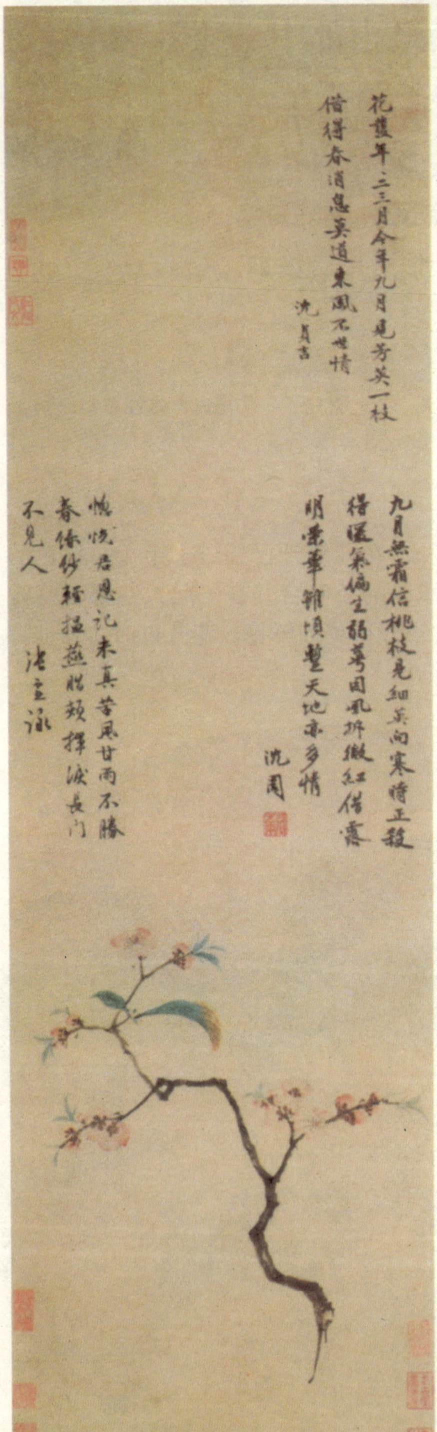

明·沈周《九月桃花图》

沈周（1427～1509），字启南，号石田，晚年自称白石翁，是明中叶画坛上四大艺术家（另三人为文徵明、唐寅、仇英）之一，人称江南“吴门画派”的班首，在画史上影响深远。这是一幅十分别致的绘画，画面上一株折下来的桃枝十分娇小，占据画面很小一部分，上面留出大片空白。桃枝上的绿叶看上去已有些发黄，桃花也开得不很精神。作者在上面题诗一首：“九月无霜信，桃枝见细英。向寒时正杀，得暖气偏生。弱萼因风拆，微红借露明。荣华虽顷暂，天地亦多情。”人们都知道，桃花并不开在九月，看来作者是别有寄托。

江畔独步寻花之五

杜甫

黄师塔前江水东[1]，春光懒困倚微风[2]。
桃花一簇开无主[3]，可爱深红爱浅红[4]？

【难点疏通】

①黄师塔：陆游《老学庵笔记》："予在成都，余以事至犀浦，过松林甚茂，问驭卒：'此何处？'答曰：'师塔也。'盖谓僧所葬之塔。于是乃悟杜诗'黄师塔前江水东'之句。" ②懒困：春天人容易困倦。 ③无主：任由人观赏。 ④"可爱"句：这是一个问句，问你是爱深红呢，还是爱浅红。

【诗义解说】

在黄师塔前江水的东面，春光里人容易困倦只有在微风中才得以清醒。桃花开了满满一树任由人观赏，你是喜欢深红色的花朵呢还是喜欢浅红？

清·吴昌硕《桃实图》

吴昌硕（1844～1927），初名俊，又名俊卿，字昌硕，又署仓石、苍石，号缶庐、苦铁等，浙江安吉人。我国近代金石、书法、绘画大家。擅长写意花卉，所作花卉木石，笔力老辣，力透纸背，纵横恣肆，气势雄强，布局新颖。画上桃枝倾泻而下，枝叶间的鲜桃红艳浑圆，秀色可餐。桃树下的山石用淡墨绘出，更衬托了桃树的茂盛和桃子的红艳。这是吴昌硕的得意之作，看那桃枝，已融入了书法的味道，大胆豪放，布局匀称，超凡脱俗。

元和十年自朗州召至京戏赠看花诸君子[1]

刘禹锡

紫陌红尘拂面来[2]，无人不道看花回。
玄都观里桃千树[3]，尽是刘郎去后栽[4]。

【难点疏通】

①永贞元年（805），刘禹锡参加王叔文政治革新失败后，被贬为朗州（今湖南常德）司马。元和十年（815）被起用，从朗州回到京城，写下了这首诗。因事涉讽刺，再度被贬。 ②紫陌：京城繁华的街道。红尘：尘埃。 ③玄都观：长安城南崇业坊（今西安市南门外）的一座道教庙宇。 ④刘郎：诗人自指。

【诗义解说】

京城繁华的大道上尘土扑面而来，没有人不说是看桃花刚刚回来。玄都观里那千株桃树，都是我刘郎被贬之后所栽。

明·朱端《芝泉桃实图》（局部）

朱端，生卒年不详，字克正，号一樵，海盐（今属浙江）人。善书画，擅山水人物，兼画竹石花鸟，是浙派代表画家。图的右侧绘一株桃树，老干蟠曲，枝头低垂，枝繁叶茂。树下长着几枝灵芝，不远处海水奔涌，再远处云海之上微露峰峦，红日当空。此图布局别致，避实就虚。用笔兼工带写，苍劲中见清丽，设色与墨韵相生发，生动活泼。

碧桃

宿东横山濑[①]

杜牧

孤舟路渐赊[②]，时见碧桃花[③]。
溪雨滩声急，岩风树势斜。
猕猴悬弱柳，鸂鶒睡横楂[④]。
谩向仙林宿[⑤]，无人识阮家[⑥]。

【难点疏通】

①濑：从沙石上流过的水。 ②赊：远。 ③碧桃：亦称千叶桃花，落叶小乔木，花重瓣，粉红色，其变种有白色、深红、杂色等。碧桃花大色艳，妖妍媚人，适合于湖滨、溪流、道路两侧和公园栽培，也适合小庭院点缀和盆栽观赏。原产中国，分布在西北、华北、华东、西南等地，现世界各国均已引种栽培。 ④鸂鶒（xī chì）：古书上说像鸳鸯的一种水鸟。楂：树的枝杈。 ⑤谩：白白地。 ⑥阮家：指阮肇。汉明帝永平五年，会稽郡剡县人刘晨、阮肇共入天台山采药，因食仙桃，得遇仙女，被邀至家中，并招为婿。

【诗义解说】

水上的一叶孤舟越走越远，不时看见岸上的碧桃花。一阵急雨小溪中的水顿时激湍起来，风刮着山石上的树都有些倾斜。猕猴悬挂在弱柳的枝上，鸂鶒则睡在横着的树杈。白白地到仙人居住的深林里住上一夜，没有人认识哪里是阮肇的家。

南宋·佚名《碧桃图》

图绘两枝碧桃，一洁白一浅红，花朵从含苞到微开、半开，再到全部绽放，精心描绘，让人好像听到了花开的声音，好像看到了花瓣展开的情景。图用细笔勾出层层花瓣轮廓，又用彩色晕染，深浅适度，颇显花的饱满，极富立体感。叶片扶疏，用双勾绘出，正反、向背、翻卷刻画得十分细腻。

听邻家吹笙① 郎士元

凤吹声如隔彩霞②，
不知墙外是谁家。
重门深锁无寻处③，
疑有碧桃千树花。

【难点疏通】

①笙：一种管乐器，用若干根装有簧的竹管和一根吹气管装在一个锅形的座子上制成。②凤吹：对笙箫等细乐的美称。典出《列仙传》："王子乔，周宣王太子晋也。好吹笙，作凤鸣，游伊洛之间。" ③重门：一道又一道门。

【诗义解说】

吹笙的声音传来犹如隔着彩霞，不知道传自墙外哪个人家。一道道大门都锁着没有地方去寻找，怀疑来自满院开着千株碧桃花的那家。

明·陆治《碧桃鸣禽图》

此图绘桃花十分艳丽。桃为重瓣，作者用略带抖动迟涩的笔法，绘出了桃花的美丽。枝干线条干湿相宜，疏密相当，造型简洁而姿态优美。竹叶用笔爽利健挺，与桃花之娇美形成对比。画上山石嶙峋厚重，再加上一只美丽的小鸟，使画面动静结合，细腻优雅。

菊

咏菊

陈叔达

霜间开紫蒂①，露下发金英②。
但令逢采摘③，宁辞独晚荣④。

【难点疏通】

①蒂：花或瓜果与枝茎相连的部分。 ②金英：黄色的菊花。 ③但令：只要是。 ④宁：难道。晚荣：季节较晚的时候开花。

【诗义解说】

下霜时节长出了紫色的花蒂，白露下开出了金色的花朵。只要是遇到采摘鲜花的人，难道会舍弃只有在晚秋开花的我？

南宋·佚名《胆瓶秋卉图》

花架上立着一个胆瓶，胆瓶里插着几枝菊花，叶子茂盛而花朵繁多。左侧题诗一首："秋风融日满东篱，万叠轻红簇翠枝。若使芳姿同众色，无人知是小春时。"这首题诗与胆瓶里的菊花各占半壁江山，构图极为别致。叶之正反向背各个不同，花的轮廓用细笔勾勒，又用柔和色彩渲染，尽显菊花的高雅风骨。

九日登玄武山旅眺[①]

邵大震

九月九日望遥空，
秋水秋天生夕风[②]。
寒雁一向南去远，
游人几度菊花丛。

【难点疏通】

①九日：即农历九月九日重阳节。旅眺：边走边远望。　②夕风：夜晚刮起的风。

【诗义解说】

农历九月九日遥望高远的天空，水也是秋天也是秋夜晚又刮起一阵秋风。秋寒中一排大雁向南远去，游玩的人曾有几次来到菊花丛。

清·吴昌硕《花卉图·菊》

图绘巨石一块，石前疏篱一围，石旁篱下开遍了菊花，菊花有白、有黄、有红，叶子浓绿，花朵鲜艳。大有“采菊东篱下”之意。石用石青，篱用褐色，叶用浓绿，花用细笔勾出轮廓，再填颜色。用笔精细，设色艳丽。

秋菊

骆宾王

擢秀三秋晚①，开芳十步中②。
分黄俱笑日③，含翠共摇风。
碎影涵流动④，浮香隔岸通。
金翘徒可泛⑤，玉斝竟谁同⑥。

【难点疏通】

①擢秀：指草长的茂盛。 ②开芳：开花。十步：汉刘向《说苑·谈丛》："十步之泽，必有香草；十室之邑，必有忠士。"这里指菊花开遍大地。 ③分黄：指菊花露出黄色。笑：指花开。 ④涵流：沉浸于水中。 ⑤金翘：黄色菊花卷起的花瓣。这里指菊花酒。徒：白白地。泛：饮酒。 ⑥玉斝（jiǎ）：玉制的酒器。

【诗义解说】

到了深秋菊花反而开得茂盛，到处都有菊花美丽的身影。逐渐露出黄色都向着太阳张开笑脸，翠绿的菊叶在秋风中一起摇动。细碎的影子随着水波动荡，飘浮的香气隔着河岸也可相闻。端起酒杯白白地饮了一杯又一杯，有谁能跟我一同举起酒杯共同畅饮。

清·恽寿平《花卉册·菊》

恽寿平（1633～1690），江苏常州人，初名格，字寿平，又字正叔，号南田。画初学山水，后致力于花卉，其没骨花卉不用笔墨，全以彩色染成，创出独特风格，成为清代花卉画宗师，有"常州派"之称。此图绘枝头上的菊花开得层层叠叠，在浓绿的叶子的衬托下，显得无比鲜艳。花瓣都是用彩墨丝丝点染而成，色泽的过渡，形态的变化，都表现得一丝不苟。叶片的脉络用墨笔勾勒，用浓淡不同的墨色表现叶子的向背、翻卷。这是一幅让人赏心悦目的佳作。

菊花

元稹

秋丛绕舍似陶家①，遍绕篱边日渐斜。
不是花中偏爱菊，此花开尽更无花。

【难点疏通】

①秋丛：一丛丛的菊花。陶家：指陶渊明家。因东晋陶渊明爱菊，家中遍植菊花。所以，看到遍地菊花，就好像到了陶渊明家。

【诗义解说】

丛丛秋天的菊花绕着房舍就好像到了陶渊明家，一遍遍绕着篱笆看也看不够太阳渐渐西下。不是在花里面偏偏热爱秋菊，只因为菊花开后就再也看不到花。

清·虚谷《菊花图》

虚谷（1823～1896），籍本新安（今安徽歙县），家于广陵（今江苏扬州）。僧人，俗姓朱，名怀仁。以书画自娱，山水、花卉、蔬果、禽鱼落笔冷隽，蹊径别开，书法亦奇古绝俗。图中疏篱围绕，篱中菊花长得十分劲挺，花朵层叠有致，叶之错落皆有神韵，一股傲然之气跃然纸上。作者极尽侧锋、逆锋、焦墨之能事，塑造了在秋风凛冽中菊花的风骨。

栀子

栀　子[1]

杜甫

栀子比众木，人间诚未多[2]。
于身色有用[3]，与道气相和[4]。
红取风霜实[5]，青看雨露柯[6]。
无情移得汝，贵在映江波。

【难点疏通】

①栀子：常绿灌木或小乔木，春夏开白花，香气浓烈，可供观赏。果实可做染料，也可入药。 ②“人间”句：花中只有栀子六瓣，故云“诚未多”。 ③色有用：因栀子可做染料，所以它的颜色有用。 ④气相和：因栀子可治五内邪气，胃中热气，所以说“气相和”。 ⑤“红取”句：栀子果实经霜变红。 ⑥柯：草木的枝茎。

【诗义解说】

栀子与其他树木比起来，人世间实在是没有很多。对于它本身来讲可以做染料，而且还能治疗疾病使人的身体康和。经霜之后果实就会变成鲜红，经雨露之后叶子就会变成浓浓的绿色。虽然没有办法把你移到家中庭院，但可贵的是身影映在江涛浪波。

南宋·佚名《栀子蝴蝶图》

图中两枝栀子，一枝上花朵正在盛开，另一枝则已结出果实。布局简洁，着色深浅不同，过渡自然，花叶的嫩老向背都表现得异常真切。右上角还有一只色彩艳丽的蝴蝶，蓝、红、黄、白等颜色交织在一起，显得风姿绰约。

雨过山村

王建

雨里鸡鸣一两家，竹溪村路板桥斜。
妇姑相唤浴蚕去①，闲看中庭栀子花②。

【难点疏通】

①浴蚕：育蚕选种的一种方法，即将蚕种浸于盐或以野菜花、韭花、白豆花制成的液体中，淘汰弱的，保留强的，以进行选种，时间一般在立春日。 ②中庭：庭院。

【诗义解说】

在雨里听到一两家雄鸡的叫声，小溪旁长满了竹子一条村路通向斜斜的板桥。妇女们相互呼唤着去浴蚕选种，我闲着没事看着院子里的栀子花开得正娇。

南宋·佚名《花卉四段·栀子》

此图绘一株刚从树上折下的枝干，枝干曲折向上伸出，枝条上开着三朵白色花朵，还有一朵正欲开放，在绿叶的衬托下显得十分突出，我们似乎能闻到花的浓烈香味。花叶均用勾勒填色，写实性很强。

芙蓉

秋朝木芙蓉[1]

李嘉祐

水面芙蓉秋已衰，繁条到是著花时[2]。
平明露滴垂红脸[3]，似有朝愁暮落悲。

【难点疏通】

①芙蓉：有二种，一为荷花的别名，一为木莲，即木芙蓉。此诗所写为木芙蓉，落叶灌木，叶掌状浅裂，秋季开花，花大有柄，色有红白，晚上变深红，可供观赏，叶和花可入药。　②著花：开花。③平明：天刚亮。

【诗义解说】

水面上的芙蓉到秋天已经衰败，而木芙蓉茂盛的枝条却正是开花的时光。天一亮露水滴在上面染红了花朵，好像是早晨有忧愁晚上落下悲伤。

元·张中《芙蓉鸳鸯图》

张中，生卒年不详，一作守中，字子政，一作子正，松江（今属上海市）人。工画，亦善花鸟，为元代水墨花鸟画代表画家。此图绘秋高气爽时节，水边一丛木芙蓉舒枝展叶，叶大而花盛，还有数朵蓓蕾正等待着开放。岸边水草丰茂，水中波光粼粼，一对鸳鸯在清波中嬉戏，雄鸟低首弄波，雌鸟则仰头鸣叫。笔墨粗简朴实，叶用浓淡不同墨色表现其向背，山石手法古拙。

湘岸移木芙蓉植龙兴精舍①

柳宗元

有美不自蔽，安能守孤根②。
盈盈湘西岸③，秋至风露繁。
丽影别寒水，秾芳委前轩④。
芰荷谅难杂⑤，反此生高原。

【难点疏通】

①湘岸：永贞革新失败，柳宗元贬官永州，住龙兴寺。永州靠近湘江。　②安能：怎能。　③盈盈：江水清澈。　④秾芳：香气浓郁的花朵。委：坠落。轩：窗。　⑤芰荷：菱角与荷花。谅：实在是。

【诗义解说】

有美丽的本质无法自己掩蔽，怎么可以孤守在寂寂的深山。清澈的湘江之水的西岸，秋天到来寒风吹过霜露不断。美丽的身影告别了寒冷的水泽，艳丽的花朵坠落在窗户前面。菱角与荷花实在难以掺杂在其中，因为这种芙蓉生长在高高的山巅。

南宋·佚名《花卉四段·芙蓉》

刚刚从树上折下的一根嫩枝，从右下向左上叶子逐渐增多，在枝头的顶端，是一朵盛开的芙蓉，花的层次极为清晰，还有一朵正欲开放，已经露出了红色，下面又有两朵蓓蕾，表现出了已开、欲开、未开的次递关系。叶子则用浓淡不同的颜色描绘其向背反正，显得格外茂盛。

木芙蓉花下招客饮　白居易

晚凉思饮两三杯[①]，召得江头酒客来[②]。
莫怕秋无伴醉物[③]，水莲花尽木莲开。

【难点疏通】

①晚凉：晚上天气凉爽。　②召：通“招”。江头：江边。　③莫：不要。伴醉物：下酒菜。

【诗义解说】

晚上天气凉爽想要喝上个两三杯，就把江边的酒客请来。不要怕秋天没有什么下酒菜，水里的莲花开过后树上的莲花又开。

清·王震《芙蓉图》

王震（1867～1938），字一亭，号白龙山人，浙江省吴兴人，生于上海，是海派代表性画家，作品笔墨纵横，墨色淋漓，意趣盎然，风貌独具，为时人所推重。图中两束芙蓉郁郁葱葱，一设色，一墨笔。设色者用没骨写意法，对墨的干湿浓淡掌握得十分到位，极尽渲染之能事，笔触畅然灵活，顿挫有致。墨笔者完全使用浓墨，花朵用细笔勾勒，留白以为花瓣。两者放在一起，构思别致，顿显恢宏之气。

茶花

新植红茶花偶出被人移去以诗索之① 卢肇

严恨柴门一树花②，
便随香远逐香车③。
花如解语还应道④，
欺我郎君不在家。

【难点疏通】

①茶花：常绿灌木或乔木，原产我国，久经栽培，为著名观赏植物，冬春开花，花形大，有红白等色，花可入药，子可榨油。 ②严恨：深恨。 ③“便随”句：指花被人拉走。 ④解语：能听懂说话。道：说。

【诗义解说】

我最恨的是我家柴门旁那一树花，花的香气随着那辆香车渐渐远去。花如果会说话它就会说，把花拿走是欺负我郎君不在家。

明·陈淳《山茶水仙图》

陈淳（1482～1539），字道复，后以字行，号白阳，亦号白阳山人，苏州人。才智超群，凡经学、古文、词章，书法、诗、画，无不精妙。画山水淋漓疏爽，不落蹊径。尤妙写生，一花半叶，淡墨欹毫，疏斜历乱，咄咄逼真。此图巧妙地将白描和水墨画法同时运用在一幅画中。前下部的水仙用白描画法，行笔飘逸，爽利舒展。画花瓣以尖笔中锋急带，圆洁莹润，似有暗香浮动。石后茶花枝干高耸，枝繁叶茂。茶花及坡石用水墨法，勾、皴、侧锋、飞白并用，再以点苔衬托，生机勃勃。

红茶花 司空图

景物诗人见即夸①，
岂怜高韵说红茶②。
牡丹枉用三春力③，
开得方知不是花④。

【难点疏通】

①夸：夸赞，吟咏。 ②怜：爱。高韵：高雅的风度。 ③三春：春天分孟春、仲春、季春，合称三春。 ④方知：才知道。

【诗义解说】

一看到好的景物诗人都会诗兴大发，哪里仅仅是因为喜爱具有高雅风度的红茶。牡丹白白地浪费了三春的力量，开出来之后才知道那不是花。

清·金俊明《花卉图册·梅花山茶》

金俊明（1602～1675），原名衮，字孝章，号耿庵，又号不寐道人，江苏吴县人。工诗、古文，兼善书画，尤长于墨梅。图上一株干枯的梅枝垂垂而下，枝上稀稀落落开着几朵白花。一枝茶花与梅花交叉伸出，叶子浓绿，花朵大而艳丽。梅枝尽舒而显苍劲，山茶横伸而显雍容。二者一横一竖，一冷一暖，布局精巧，用笔工细，设色典雅，使整个画面浑然一体。

杜鹃

宣城见杜鹃花[1]

李白

蜀国曾闻子规鸟[2]，宣城还见杜鹃花。
一叫一回肠一断，三春三月忆三巴[3]。

【难点疏通】

①宣城：今安徽宣城。一作杜牧诗，题曰《子规》。杜鹃花：又名映山红，每年夏季二三月中杜鹃叫时开花，故名杜鹃。落叶灌木，叶子椭圆形，花多为红色，可供观赏。 ②子规：即杜鹃鸟，蜀地最多，春末而鸣，声音悲戚。 ③三巴：东汉末，益州牧刘璋置巴郡、巴东、巴西三郡，故称三巴，其地在今重庆东部湖北西部一带。

【诗义解说】

在蜀国的时候曾听到过子规鸟的叫声，到了宣城又看见盛开的杜鹃花。听见一回杜鹃鸟的鸣叫肝肠就断了一回，在整个三春季节里一直都在回忆着蜀国的三巴。

清·恽寿平《花卉册·杜鹃》

图上一束盛开的杜鹃，在少许绿叶的衬托下，越显姹紫嫣红，艳丽无比，作者采用没骨法，用笔工细，就连精细的花蕊也清晰可见。叶则用深浅不同的颜色，表现其向背方向，并用细笔勾出脉络，足见画家深厚的写实能力。

新楼诗二十首·杜鹃楼[1]

李绅

杜鹃如火千房拆[2]，丹槛低看晚景中[3]。
繁艳向人啼宿露[4]，落英飘砌怨春风。
早梅昔待佳人折，好月谁将老子同[5]。
惟有此花随越鸟[6]，一声啼处满山红。

【难点疏通】

①诗前有小序："七年冬所造，自西轩延架城隅，楼前植其杜鹃，因以为名，宴游多在其上。"时李绅家住越州（今浙江绍兴）。 ②千房拆：千朵花房都已开裂。房，指花房。拆，裂，指花开。 ③丹槛：红色的栏杆。晚景：夕阳。 ④啼：鸣叫，诉说。宿露：隔夜的露水。 ⑤"好月"句：《晋书·庾亮传》："亮在武昌，诸佐吏殷浩之徒，乘秋夜往共登南楼，俄则不觉亮至，诸人将起避之，亮徐曰：'诸君少住，老子于此兴复不浅。'便据胡床与浩等谈咏竟坐。"此句是说，当年庾亮有人陪同谈咏，而今天却无人陪我。老子，作者自指。 ⑥越鸟：生活在越地（今浙江一带）的鸟。

【诗义解说】

杜鹃如火千朵万朵尽情盛开，在红色围栏边低头看着太阳西下时的美景。繁华鲜艳的花朵向人诉说着昨晚的露水，飘落在台阶边的花朵怨恨着春风。早开的梅花从前等待着佳人攀折，大好的月光下有谁能跟我一样的心情？只有这种鲜花跟随着越鸟，一声鸣叫后满山已经处处鲜红。

清·吴昌硕《杜鹃图》

一株生长在山石旁的杜鹃蟠曲而上，繁花朵朵，红花浓艳，蓝花泛紫，叶子茂密，一派欣欣向荣、清新秀丽的景象。石和树干用浓淡不同的墨色晕染，花叶则用笔工细，花中的蕊、叶上的脉均清晰可见。

芍药

故王维右丞堂前芍药花开凄然感怀[1]

钱起

芍药花开出旧栏，春衫掩泪再来看[2]。
主人不在花长在，更胜青松守岁寒。

【难点疏通】

①芍药：多年生草本植物，五月开花，花大而美丽，有紫红、粉红、白等多种颜色，可供观赏，根可入药。 ②春衫：春天穿的衣衫。

【诗义解说】

芍药花开在旧时的围栏中，用春衫擦一把眼泪再来观看。主人虽然不在但是花却长在，更超过青松守着岁月的严寒。

清·恽寿平《芍药图》

图绘一朵硕大的芍药花正在盛开，层层叠叠，百媚千娇，绚丽似锦。叶则簇拥在花的两侧，更显出花的富贵。此图用笔精细，刻画入微，设色艳丽。

别药栏①

王建

芍药丁香手里栽②，
临行一日绕千回。
外人应怪难辞别，
总是山中自取来③。

【难点疏通】

①药栏：种植芍药的小园，也泛指种花的小园。 ②手里栽：亲手栽。 ③总是：都是。

【诗义解说】

芍药丁香都是我亲手植栽，临行前每天都要围着药栏转上千遍。外面人感到奇怪怎会这么难以分别，原来这些都是我亲手取自山间。

清 · 王武《花卉图 · 芍药》

王武（1632～1690），字勤中，号忘庵，又号雪颠道人，吴县（今江苏苏州）人。精鉴赏，先世富收藏，多宋元名迹，往往心识手追，于传统颇有领悟。擅诗文，工画花卉禽鸟，与恽寿平齐名，以写生为基础，长于勾花点叶。此册为十开，分别绘桃花、芍药、萱花、菊花、兰花等。作者选取不同花木最动人的姿态，再现了大自然的勃勃生机。全册均采用没骨法，不事勾勒，直接用色画出枝叶和花朵。用笔灵动，设色妍雅。每幅均有题诗一首，诗、书、画相互映发，赏心悦目。这里所选芍药，花大而美，并题诗一首："芍药花如缬，相将赠远人。一枝香雨露，娇艳不胜春。"

官舍迎内子有庭花开①

卢储

芍药斩新栽②，
当庭数朵开。
东风与拘束③，
留待细君来④。

【难点疏通】

①内子：妻子。 ②斩新：崭新。 ③拘束：控制，约束。 ④细君：原指诸侯之妻，后也泛指妻子。

【诗义解说】

芍药刚刚栽在小园里，对着庭院有数朵已经盛开。是东风控制着开花的时间，专门等待着妻子你的到来。

清·袁耀《芍药萱石图》

袁耀（?～1780后），字昭道，号溺渔者，江苏扬州人，袁江子（一说侄）。善山水楼阁界画。承家学，得其父指点，作品生趣盎然，父子独步清初画坛。画面上湖石嶙峋、萱草鲜艳，地上绿草如茵。湖石背后，数枝芍药正迎风盛开，花团锦簇，争奇斗艳，一派生机。全图用笔简括，设色富丽典雅，气韵生动，尤以芍药之饱满鲜活更显功力。

辛夷

辛夷坞[1]

裴迪

绿堤春草合[2]，王孙自留玩[3]。
况有辛夷花，色与芙蓉乱[4]。

【难点疏通】

①辛夷坞：陕西蓝田的一个地名。王维与裴迪有唱和。辛夷：又名木兰、玉兰，落叶乔木，高数丈，木有香气，花初出枝头，苞长半寸，尖如笔头，俗称木笔，花开如莲花，紫苞红焰，也有白色。野生较少，在山东、四川、江西、湖北、云南、陕西南部、河南等地广泛栽培。 ②合：此指绿草把堤坝覆盖。 ③王孙：贵族子弟，有时也指隐士。 ④乱：混杂在一起无法分辨。

【诗义解说】

堤坝上长满春草一片翠绿，王孙自然可以在这里留玩。况且还有美丽的辛夷花，它与芙蓉一样艳丽让人难以分辨。

明 · 沈周《辛夷图》

此图由两幅组成，一为菜花，一为辛夷，这里选的是辛夷。图上绘一长一短两枝辛夷，长枝上两朵花已经盛开，另有一朵也即将开放；短枝上两朵花含苞欲开。花朵用墨笔由下往上渐变，突显出一种高雅之气，似乎有 股香气扑面而来。

扬州看辛夷花

皮日休

腊前千朵亚芳丛①，细腻偏胜素柰功②。
螓首不言披晓雪③，麝脐无主任春风④。
一枝拂地成瑶圃⑤，数树参庭是蕊宫⑥。
应为当时天女服，至今犹未放全红。

【难点疏通】

①腊：古代把农历十二月称腊月。亚：压。②柰（nài）：茉莉花。③螓（qín）首：形容女子美丽方广的额头，这里指玉兰洁白的花朵。螓，蝉的一种，方头广额，身有彩纹。语出《诗经·卫风·硕人》：“螓首蛾眉，巧笑倩兮，美目盼兮。”④麝脐：麝俗名香獐，形似鹿而小，无角，善跳跃。雄麝脐与生殖器之间有腺囊，能分泌麝香。⑤瑶圃：产玉的园圃。⑥蕊宫：“蕊珠宫”的省称，道教经典中指仙宫。

【诗义解说】

腊月前无数朵鲜花压在花枝上，花朵的细腻胜过了茉莉的清新。洁白的花朵用不着说是披上了清晨的雪花，麝香一样的香气无人管束任由春风吹动。一枝拂在地上成了美玉的园圃，还有数枝伸向庭前那是道家的仙宫。应该是当时天女穿过的衣服，到今天还没有完全开出鲜红。

清·汪士慎《花卉图·玉兰》

汪士慎（1686～1759），字近人，号巢林、溪东外史，安徽歙县人。居江苏扬州，为“扬州八怪”之一。工画花卉，尤擅画梅，所画梅清淡秀雅，枝疏花简。精篆刻和隶书，称雄一时。书法风神独绝，气韵生动，自成一家风格。一枝玉兰从右向左伸出，枝上的叶子刚刚生长出来，而花朵则已怒放，洁白的花朵似乎在散发着浓烈的香气。花用细笔勾出边缘，再填以白色。枝干则用褐色一笔绘出，再用浓墨点出枝节。全图设色典雅，艳而不娇。

紫薇

和令狐相公郡斋对紫薇花[①] 刘禹锡

明丽碧天霞，丰茸紫绶花[②]。
香闻荀令宅[③]，艳入孝王家[④]。
几岁自荣乐，高情方叹嗟[⑤]。
有人移上苑[⑥]，犹足占年华。

【难点疏通】

①紫薇花：又名紫绶花、满堂红、百日红，落叶小乔木，树皮滑泽，夏秋之间开花，淡红紫色或白色，花朵艳丽，可供观赏。 ②丰茸：长得茂盛。 ③“香闻”句：荀令指荀彧，东汉时曾任尚书令，据《襄阳记》：“荀令君至人家，坐处三日香。” ④孝王：指西汉梁孝王刘武，据《汉书·文三王传》：“孝王筑东苑，方三百余里。广睢阳城七十里，大治宫室，为复道，自宫连属于平台三十余里。”这里的“荀令宅”“孝王家”，用以美称令狐相公郡斋。 ⑤高情：高雅的情怀。 ⑥上苑：即上林苑，秦时所建，汉武帝时又加以扩建，在今西安之西。

【诗义解说】

晴明的天空中满天的彩霞，还有那生长茂盛的紫薇花。从荀令宅中闻到了浓浓的香气，艳丽的花朵进入了梁孝王的家。几年来花儿自己开了又自己谢了，高尚的情怀让人感叹命运不佳。有人把花移到了上林苑，它还是可以拥有美好的年华。

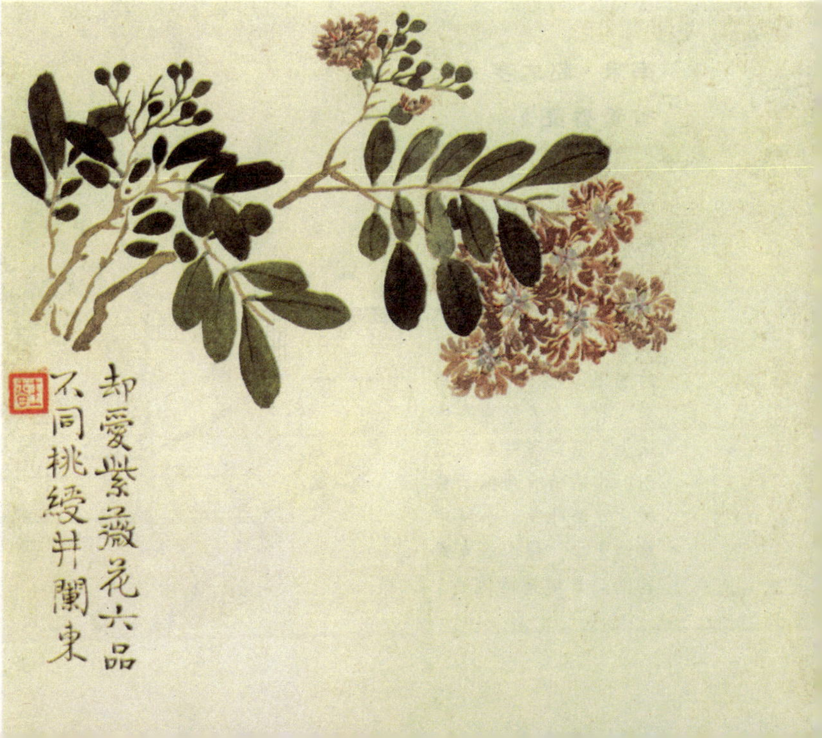

清·汪士慎《花卉图·紫薇》

一束紫薇枝从左侧伸出，叶子浓绿，格外茂盛。枝头一簇花开得十分艳丽，中间一簇一半已开一半未开，还有一簇正含苞欲放，显示了花开的递进层次。花枝居于图的左上，而下面则大片留白，状显了树的高大。

紫薇花

白居易

丝纶阁下文书静[①]，
钟鼓楼中刻漏长[②]。
独坐黄昏谁是伴，
紫薇花对紫微郎[③]。

【难点疏通】

①丝纶阁：古代撰写朝廷诏令的地方。 ②钟鼓楼：放置钟鼓的地方。古代用以计时报更。刻漏：古代计时器。以铜为壶，底穿孔，壶中立一有刻度的箭形浮标，壶中水滴漏渐少，箭上度数即渐次显露，视之可知时刻。 ③紫微郎：唐代在中书省种紫薇花，故称中书省为紫微省，中书舍人也就因之称为“紫微郎”。

【诗义解说】

丝纶阁下起草文书的工作已经静了下来，钟鼓楼中报时的声音一遍比一遍长。独自一人在黄昏中独坐谁来做伴，只有紫薇花面对着紫微郎。

南宋·赵大亨《薇省黄昏图》

赵大亨，生卒年不详。时人以其肥伟，说他是“恬大汉”，他自称“大亨”。擅画青绿山水、神仙故实。图中所取景物应是官中紫微省的黄昏，凉亭苇帘高卷，有一个人躺在亭中床上，遥望着院外的远山。左右植有两株紫薇树，花繁叶茂。小院中整洁无尘，假山石点缀其间，景境清幽闲适。

凌霄

解秋

元稹

寒竹秋雨重①，凌霄晚花落②。
低回翠玉梢③，散乱栀黄萼。
颜色有殊异，风霜无好恶。
年年百草芳，毕意同萧索④。

【难点疏通】

①雨重：雨大。 ②凌霄：落叶藤本植物，茎可攀援，叶子羽状，边缘有锯齿，花鲜红色，花冠漏斗形，花茎叶都可入药。 ③翠玉：绿玉。这里指凌霄的枝条。 ④萧索：萧条，凋零。

【诗义解说】

秋季一场大雨落进竹林带来一阵寒冷，凌霄的花朵晚上开始飘落。翠玉般的枝条随风飘荡，一片散乱那是栀子黄色的花朵。花的颜色各种各样，但风霜雨雪不会有所喜欢有所厌恶。年年所有的野草鲜花，在秋天里毕竟都要枯萎凋落。

清·赵之谦《花卉图·百福千龄》

赵之谦（1829～1884），字益甫，号冷君、悲盦等。书法自成一家。用书法笔绘作花卉木石及杂画，宽博淳厚，水墨交融，为清末写意花卉之开山之人。图上一株苍劲的古松拔地而起，直上云霄，凌霄花藤缠绕在松树干上，攀援而上。松树叶子的翠绿，与凌霄花的鲜红，形成了鲜明的对比。敷彩热烈饱满，展颜含嫣，秀雅中见劲健。树干用皴擦，显出苍劲；叶用石青点染，更显茂盛；花用橘红，越显秀丽。

寄友　唐彦谦

新酒秦淮缩项鳊[1]，
凌霄花下共流连。
别来客邸空翘首[2]，
细雨春风忆往年。

【难点疏通】

①秦淮：流经南京的一条河，是南京的名胜之一。相传秦始皇南巡至龙藏浦，现出王者之气，于是凿方山，断长垄，导河入长江，以泄王气，故名秦淮。缩项鳊：一种鱼名，以肥美著称，细鳞阔腹，长相奇特，头极小，脊高耸，体型薄而扁。②翘首：抬头而望。多比喻盼望或思念之殷切。

【诗义解说】

一杯新酒还有秦淮河里的缩项鱼，和朋友在凌霄花下流连忘返。分手以来在客店里白白地翘首而望，一阵小雨一缕春风中回忆着从前。

清·汪士慎《花卉图·凌霄》

图上一枝凌霄婆娑而下，婀娜多姿，虽为写意，但刻画细腻，叶与花的纹理清晰可见，三朵鲜花在绿叶的衬托下十分艳丽。作者还赋诗一首：“绕树绿山任屈盘，南风吹蕊飐云端。千丝万缕垂金粉，曾在双峰阁上看。”

石竹

石竹咏[①]

王绩

萋萋结绿枝[②]，晔晔垂朱英[③]。
常恐霜露降，不得全其生。
叹息聊自思[④]，此生岂我情。
昔我未生时，谁者令我萌[⑤]。
弃置勿重陈[⑥]，委化何足惊[⑦]。

【难点疏通】

①石竹：多年生草本，茎高尺余，叶细长而尖，对生，夏季开花，花有深红、淡红和白色数种。 ②结：此指石竹枝叶互相交错。 ③晔晔：光闪烁的样子。朱英：红花。④聊：姑且。 ⑤萌：指发芽。 ⑥弃置：丢在一边。陈：述说。 ⑦委化：随着自然的变化。

【诗义解说】

茂盛的绿色枝叶缠绕在一起，垂下的红花一片耀眼的光明。常常担心霜露降落下来，因而不能保全自己的生命。一声重重的叹息姑且自我反思，我这一生哪里是按照我的意愿生成。从前我未出生的时候，是谁让我萌发钻出土层？把这些都丢在一边不要再去述说，随着自然的变化有什么小怪大惊。

清·邹一桂《花卉册·石竹》

邹一桂（1686～1772），字元褒，号小山，一号二知，又号让卿，江苏无锡人。善工笔花卉，分枝布叶，条理自如，设色明净，清古美艳。间作山水，风格隽秀。一块湖石旁长着一束郁郁葱葱的石竹，花有红、粉、白等不同颜色，簇拥在一起，争奇斗艳。湖石下还有野花点点，野草数根。石竹用细笔绘出，湖石则勾皴并用，再用石青点苔，尽显质感。

云阳寺石竹花　司空曙

一自幽山别①，相逢此寺中。
高低俱出叶，深浅不分丛。
野蝶难争白②，庭榴暗让红。
谁怜芳最久③，春露到秋风。

【难点疏通】

① 一自：自从。幽山：深山。 ②"野蝶"句：此指白色的蝴蝶难与石竹花争白。 ③怜：爱。

【诗义解说】

自从告别深山以后，又在这座寺庙里相逢。高高低低都长出了叶子，深深浅浅长在一起难分花丛。野外的蝴蝶无法与之争夺白色，庭院里的石榴暗暗地让出了鲜红。谁都喜欢开得时间最长的花，石竹从春天下露时起一直开到刮起秋风。

清·马荃《花鸟草虫图册·石竹》

马荃，生卒年不详，女，字江香，江苏常熟人。工花卉，善勾染，与恽冰并称双绝。图绘两枝石竹向上伸出，叶子纤细，花朵鲜艳，与另一株紫色花朵相交，避免了颜色的单调。此图兼工带写，设色明丽雅致，形象生动。

鸡冠花

鸡冠花①

罗邺

一枝秾艳对秋光，
露滴风摇倚砌傍②。
晓景乍看何处似，
谢家新染紫罗裳③。

【难点疏通】

①鸡冠花：一年生草本，茎直立粗壮，叶互生，花序酷似鸡冠。 ②砌：台阶。 ③“谢家”句：“谢家”指东晋谢安侄女谢道韫，由于咏雪有“未若柳絮随风舞”句，被人称为“咏絮才”。因鸡冠花为紫红色，以为谢道韫的衣裙新近染上了紫红色。

【诗义解说】

一枝浓艳的花朵对着秋天的时光，露水滴落秋风吹拂依靠在台阶旁。一早的景色初看上去跟什么相似，是谢家女儿新近染红了紫罗裳。

清·郎世宁《花鸟图册·鸡冠花》

郎世宁（1688～1766），意大利人，原名约瑟·迦斯底里阿纳。康熙五十四年（1715）来到中国，为清代内廷供奉的画家。善写生，工画人物、禽兽、花鸟。图上鸡冠花开得十分有气势，花朵硕大，色泽浓艳，茎干粗壮。下方一块巨石，沉稳凝重，石旁一枯枝，上有几片枯叶，更反衬出花的娇艳。全图层次清晰，景物对照安排合理。

琼花

隋堤①

吴融

搔首隋堤落日斜②，已无余柳可藏鸦。
岸傍昔道牵龙舰③，河底今来走犊车。
曾笑陈家歌玉树④，却随后主看琼花⑤。
四方正是无虞日⑥，谁信黎阳有古家⑦。

【难点疏通】

①隋堤：大业元年（605）开凿的通济渠，西起洛阳，东段从荥阳至开封，折入皖、苏，贯通邗沟，抵达扬州，即大运河。两岸栽种杨柳，被称为隋堤。 ②搔首：以手挠头。焦急或有所思的样子。 ③龙舰：炀帝南巡乘坐的大号龙舟。 ④陈家歌玉树：陈家指陈后主陈叔宝。曾制《玉树后庭花》之曲，令宫中千人习唱，不久亡国。后以《玉树后庭花》为亡国之音。 ⑤琼花：忍冬科落叶或半常绿灌木，花大如盘，洁白如玉，核果椭圆形。琼花以扬州为最，现为扬州市花。相传隋炀帝开凿大运河，就是为去扬州看琼花。可隋炀帝坐龙船抵达扬州之前，琼花却被一阵冰雹摧毁，接着各地爆发了农民起义，隋政权崩溃，隋炀帝死于扬州。因有“花死隋宫灭，看花真无谓”的说法。 ⑥无虞日：没有忧患的日子。 ⑦黎阳：河南省浚县的古称，自古以来为兵家必争之地。古家：指古时争战之家。

【诗义解说】

搔一下头发隋堤上的太阳已经偏西，堤旁已没有多余的柳树来藏乌鸦。岸旁从前的道路用来运行龙舰，而今河底都可以行走牛车。曾经嘲笑陈后主制《玉树后庭花》，而隋炀帝却跟在后主后面到扬州去看琼花。现在四方正是没有忧患的日子，谁还相信黎阳还有古代争战之家。

南宋·佚名《琼花真珠鸡图》（局部）

此图绘琼花一株，长在坡石之上。琼树枝繁叶茂，树叶浓绿，花朵洁白。还有两只真珠鸡，一雄一雌，雄者立于大石之上，雌者立于下方，双方相向而望，似在商量什么事情，坡上还有野草点点。全图设色典雅，用笔准确，令人赏心悦目。

凤仙

凤仙花[①]

吴仁璧

香红嫩绿正开时，冷蝶饥蜂两不知。
此际最宜何处看[②]，朝阳初上碧梧枝[③]。

【难点疏通】

①凤仙：一年生草本植物，叶子披针形，花有白、红、粉红、淡黄等颜色，花和种子可入药，红色花瓣可用来染指甲。 ②此际：这时。最宜：最适合。 ③碧梧枝：碧绿的梧桐树枝。

【诗义解说】

红色的花朵发出轻香嫩叶正绿一片艳丽，冷风中的蝴蝶饥饿中的蜜蜂都还不知。这个时候最适合在什么地方观看，早晨的太阳刚刚升上翠绿梧桐的树枝。

清·恽寿平《花卉册·凤仙花》

此册分别绘杏花、月季、凤仙、紫薇、海棠、紫云、腊梅等花卉。花卉均采用没骨法，花的艳态层次，叶的正侧敧斜，花枝的穿插，水藻、小鱼的动感，都表现得恰到好处。这里选的是《凤仙花》一幅。花的一点鲜红，点醒画面，还有紫色小花，构成画面的多姿多彩。

绣球

六年春遣怀

元稹

童稚痴狂撩乱走[①]，绣球花仗满堂前[②]。
病身一到穗帷下[③]，还向临阶背日眠。

【难点疏通】

①童稚：小孩。撩乱：纷乱，杂乱。 ②绣球：又名八仙花、粉团，落叶灌木，叶青色，夏季开花，成五瓣，簇聚呈球形，色白或淡红，十分好看，为著名的观赏花。仗：此指花丛像仪仗队式的排列。 ③穗（suì）帷：用一种细而稀疏的麻布制的帷帐。

【诗义解说】

不懂事的小孩胡乱奔走玩耍，绣球花整齐排列摆满了堂前。有病的身体一到穗帷之下，回过身来面向台阶背对着太阳而眠。

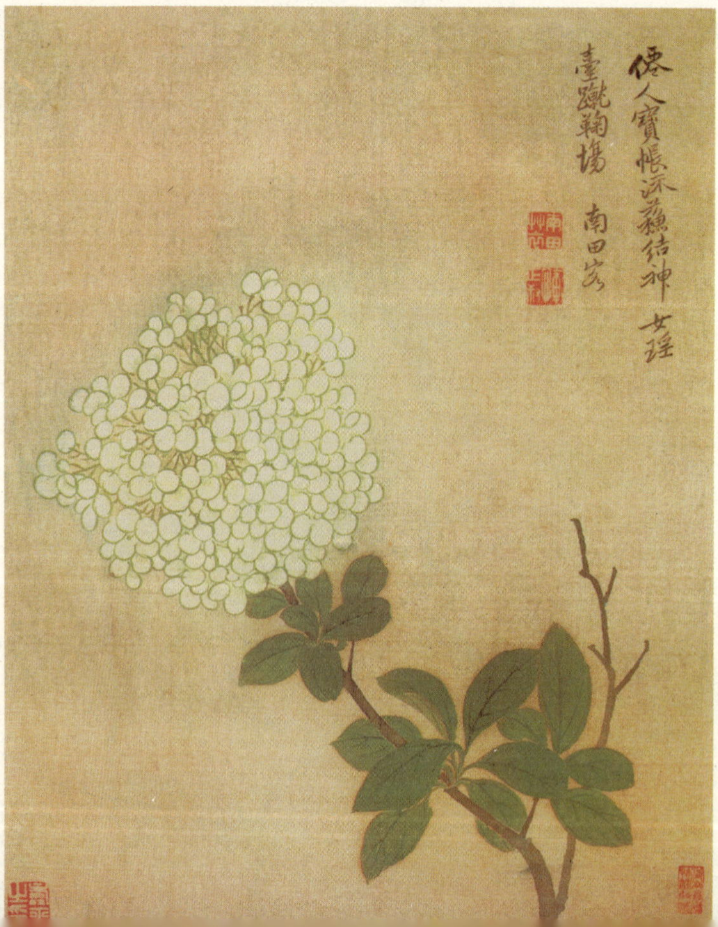

清·恽寿平《花卉册·绣球》

图绘绣球一枝，叶子浓绿，无数花朵簇拥枝头，如一圆形球体。造型准确，构图生动，用笔活泼，色彩清润。

竹

竹里馆

王维

独坐幽篁里①，弹琴复长啸②。
深林人不知，明月来相照。

【难点疏通】

①幽篁：深而密的竹林。《楚辞·九歌·山鬼》："余处幽篁兮终不见天。" ②长啸：撮口出声叫做"啸"，其音清越而舒长，此种呼法，魏晋时广泛流行于隐逸之士中。

【诗义解说】

独自一人坐在深不见天的竹林里，一面弹着琴一面发出啸声长长。我在密林深处没有人知道，只有多情的明月照在我的身上。

北宋·文同《墨竹图》

文同（1018～1079），字与可，号笑笑居士、笑笑先生，人称石室先生等，梓潼郡永泰县（今四川绵阳市盐亭县）人。以善画竹著称，画竹叶创浓墨为面、淡墨为背之法，学者多效之，形成墨竹一派，又称之为"文湖州竹派"。画绘一枝低垂而又呈"S"形屈曲向上的墨竹。用凝重圆浑的中锋画竿，节与节虽断而意连；小枝用笔迅疾坚挺，左右顾盼；竹叶则八面出锋，挥洒自如；浓淡相间，在叶尾折转处提笔露白，以示向背之势，聚散无定，疏密有致，显示了作者深厚的功力。

晚春归山居题窗前竹[①] 刘长卿

溪上残春黄鸟稀[②]，辛夷花尽杏花飞。
始怜幽竹山窗下，不改清阴待我归。

【难点疏通】

①诗一为钱起作，诗题《暮春归故山草堂诗》。 ②黄鸟：有两说，一说为黄莺，俗名黄离留；一说为黄雀，雄鸟上体浅黄绿色，腹部白色而腰部稍黄；雌鸟上体微黄，有暗褐色条纹。鸣声清脆，常被饲养为观赏鸟。

【诗义解说】

小溪上已现出了春末的景色黄鸟也少了许多，辛夷花已经开过而杏花正在纷飞。开始喜欢窗下的翠竹掩映的一片清幽，从不改变它所带来的阴凉等待我的回归。

元·李衎《修篁树石图》

李衎（1245～1320），字仲宾，号息斋道人，蓟丘（今北京市）人。擅画墨竹，曾深入东南一带竹乡，观察各种竹子的形色神态，因而画竹益工。墨竹以外，亦作勾勒青绿设色竹，并写古木松石。几株修竹立于坡石之旁，清健挺拔，缓坡顺势而下，修篁挺劲直上，对比中显示出强劲的生命力。几墩卧石安排得错落有致，石旁枯枝挺立，以淡墨晕染阔叶，神采焕然。修竹清秀流畅，岩石形状奇异，树枝则枯涩古掘，杂以兰花野草，共同构筑了幽雅明快的意境。

颜侍御厅丛篁咏送薛存诚

卢纶

玉干百余茎①，生君此堂侧。
拂帘寒雨响，拥砌深溪色②。
何事凤凰雏③，兹焉理归翼④。

【难点疏通】

①玉干：指竹。茎：根，株。 ②砌：台阶。深溪色：深绿的颜色。 ③凤凰雏：这里美称送别的朋友。 ④兹焉：在这里。理：整理。

【诗义解说】

像玉一样的竹干数百株，生长在您的厅堂旁边。拍打着窗帘传来一阵寒雨的声音，簇拥在台阶旁边浓绿一片。因为什么事情这个凤凰鸟雏，在这里整理翅膀想要飞远。

元·顾安《风竹图》

顾安（1289～1364），字定之，自号迂讷老人，平江人。以擅长画竹闻名于世，尤喜写风竹新篁。其清劲生动之格，尤为时人及后世推崇。一看到这幅图，谁都会感受到疾风正从左面刮来，两株翠竹在风中摇曳，但挺拔之气跃然而出。竹叶用墨笔挥扫，潇洒淋漓，又用浓淡色调和错落笔画，使画面层次分明，繁而不乱；粗干细枝从容穿插其间，自然贴切。

对新篁

韦应物

新绿苞初解①，嫩气笋犹香②。
含露渐舒叶，抽丛稍自长③。
清晨止亭下，独爱此幽篁④。

【难点疏通】

①苞：指花未开时包着花骨朵的小叶片。初解：刚刚散开。②笋：竹的嫩芽。 ③抽丛：抽出枝条。 ④幽篁：幽深的竹林。

【诗义解说】

新长出来的绿色苞衣刚刚解开，就传出了嫩笋的缕缕清香。在雨露的滋润下渐渐舒展竹叶，抽出的枝条渐渐向上生长。清晨我站在凉亭的下面，深深爱着这片幽深竹篁。

元·柯九思《双竹图》

柯九思（1290～1343），字敬仲，号丹丘生，别号五云阁吏，元代文物鉴藏家、画家，浙江仙居人。博学能文，善写墨竹，长于画山水、人物、花卉，画大树枝干，皆以一笔涂抹，不见有痕迹。苍松翠柏，林木烟梢，古气磅礴，别有淡逸之趣。图中绘全竿晴竹两株，一直一斜，节实中虚，清灵飘逸。嫩枝从根节处生出，绿叶纷披，深色为正面，淡色为背面，不疏不密，合理地分布于画面。无风无雨，静谧安详。

葺夷陵幽居[1] 李涉

负郭依山一径深[2]，
万竿如束翠沉沉。
从来爱物多成癖[3]，
辛苦移家为竹林。

【难点疏通】

①葺（qì）：用茅草覆盖房顶，也指修理房屋。夷陵：今湖北宜昌。 ②负郭：靠近城镇。 ③癖：嗜好。

【诗义解说】

靠近城镇依在山脚有一条小路通往深处，万竿翠竹像被捆扎一样翠绿沉沉。从来喜欢某种东西大多会形成特殊的爱好，辛辛苦苦搬家就是为了这片竹林。

明 · 赵龙《丹竹碧石图》

赵龙，生卒年不详，字云门，江苏扬州人。善画兰竹，竿枝俏动，叶叶飘举，雨晴风月，各有姿态。作者别出心裁，把竹子全用朱红绘出，秀竹劲挺，枝繁叶茂，鲜艳夺目。前有一块湖石，玲珑剔透，韵味十足。作者采用没骨法，用细笔勾画嫩竹，一丝不苟，使竹密而不乱，层次井然，飘逸洒脱。

槐

宫槐陌①

裴迪

门前宫槐陌，是向欹湖道②。
秋来山雨多，落叶无人扫。

【难点疏通】

①宫槐陌：陕西蓝田辋川地名，王维曾在辋川建别墅，与裴迪同咏附近地名，辑为《辋川集》，此为其中一首。周朝在皇宫前植三槐，后世皇宫也多植槐树，故称宫槐。 ②欹湖：亦为辋川地名。

【诗义解说】

门前小路旁长满了槐树，是通向欹湖的一条小道。秋天到来山区里雨水很多，落叶满地也没有人去打扫。

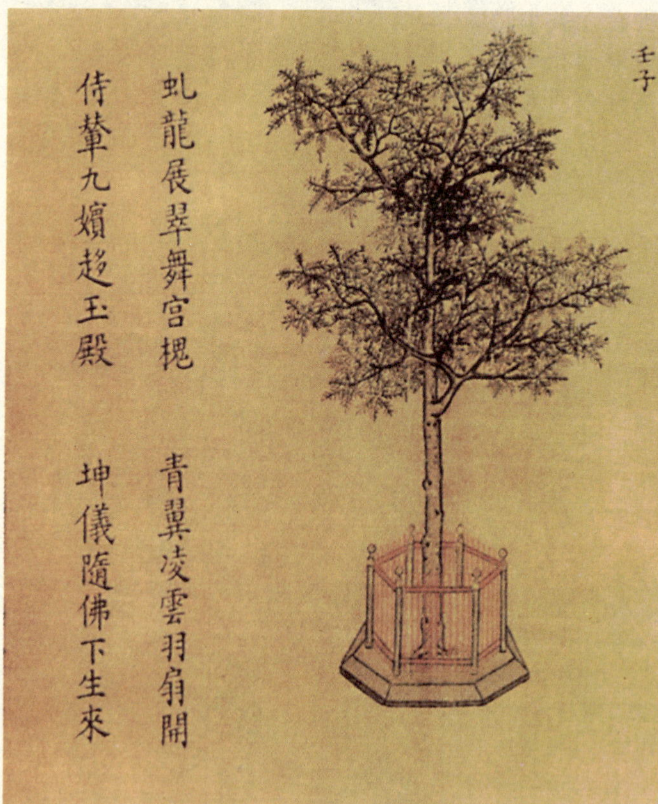

南宋·杨婕妤《百花图卷》（局部）

杨婕妤，女，生卒年不详。以艺文供奉内廷，工诗，善书法、绘画。其画为宫廷所重，也曾传播到民间。该《百花图卷》共有十余段，即：寿春花、长春花、荷花、兰蕙、望仙花、葵蜀、黄葵蜀、胡葵蜀、阇提花、玉李花、宫槐树、云天、云山旭日、桃花祥云、灵芝等，每段楷书标花名并注年题诗。该卷极隽秀鲜丽，用笔谨细，堪称佳作。这里选的是槐树一段。

宫槐陌

王维

仄径荫宫槐[1]，幽阴多绿苔。
应门但迎扫[2]，畏有山僧来[3]。

【难点疏通】

①仄径：狭窄的小路。 ②应门：照应门户，指守候和应接叩门的人。但：只是。 ③畏有：怕的是。

【诗义解说】

一条狭窄的小路掩映在槐树之中，阴暗潮湿长了许多青苔。照应门户的人总在不停地打扫，怕的是有山里的和尚到来。

清·任颐《长安古槐图》

画面上数株老槐顶天立地，树干虬曲苍劲，枝叶茂密，郁郁葱葱。树干皴擦并用，有力地表现了树的古老；叶用双勾，先勾出轮廓，再进行填色。兼工带写，灵活多变。

乌臼

断句

张祜

杜鹃花发杜鹃叫[①]，
乌臼花生乌臼啼[②]。

【难点疏通】

①杜鹃：是植物也是动物。植物杜鹃，也叫映山红；动物杜鹃，身体黑灰色，尾巴有白色斑点，腹部有黑色横纹，初夏时常昼夜不停地叫，吃毛虫，是益鸟，多数把卵产在别的鸟巢中，也叫杜宇、布谷或子规，古代传说杜鹃鸟为古蜀王杜宇之魂所化。 ②乌臼：是树名也是鸟名。乌臼树为落叶乔木，高八至十五米，树皮灰褐色，有浅浅的纵向裂纹。叶子互生，菱形，蒴果扁球形，九至十一月成熟；乌臼鸟因喜食乌臼树子而获名，乌臼鸟形似乌鸦，但比乌鸦略小。这两句虽为残句，但构思巧妙，意趣横生。

【诗义解说】

杜鹃花开的时候杜鹃鸟也开始鸣叫，乌臼树开花的时候乌臼鸟也开始啼鸣。

南宋·佚名《乌臼文禽图》

此图描绘初冬微雪过后，两只山雀栖于乌臼树上，一只注视着下面奔流不息的小溪，另一只回首远眺。两只山鸟姿势正侧不同，形神兼备。用淡墨染天空，浓墨点染岩石，细笔勾出鸟羽，把白粉敷在树干、叶片和岩石上，形成白雪。有疏有密，静中有动。

柳

咏柳

贺知章

碧玉妆成一树高①，万条垂下绿丝绦②。
不知细叶谁裁出，二月春风似剪刀③。

【难点疏通】

①碧玉：指柳树浓绿如玉。 ②绦：用丝织成的带子。这里指柳丝。 ③“不知”二句：此两句一问一答，把春风说成剪刀剪出绿叶，构思极为巧妙。

【诗义解说】

一株高高的柳树犹如碧绿的美玉，万千垂下的柳条就像绿色的丝绦。不知道这细细的叶子是谁剪裁出来，原来二月的春风就像一把剪刀。

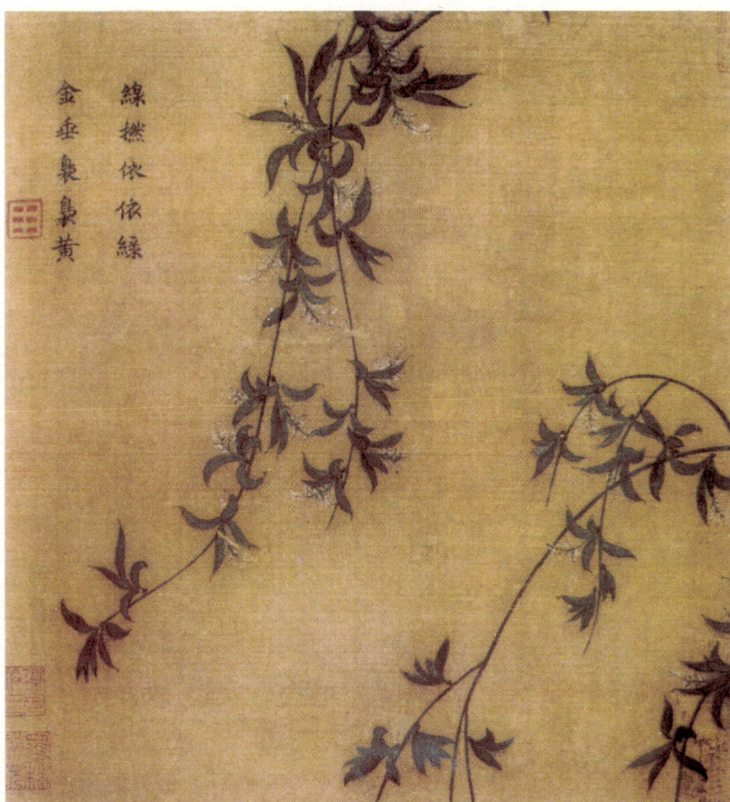

南宋·佚名《垂柳飞絮图》

图上两枝柳条，一枝从上垂下，一枝从右侧伸出垂下，显得十分柔弱，好像在春风中飘来荡去。叶翠绿欲滴，柳絮纷飞。大有“万条垂下绿丝绦”之意。柳条用中锋笔一挥而就，潇洒飘逸；柳絮用白粉随意点出；叶则先事勾勒，再填上汁绿，彰显了浓浓春意。

题平阳郡汾桥边柳树[1] 岑参

此地曾居住[2]，今来宛似归。
可怜汾上柳[3]，相见也依依。

【难点疏通】

①平阳：今山西太原。 ②“此地”句：题下原注“参曾居此郡八九年”。 ③可怜：可爱。汾：河名，源出山西省宁武县管涔山，至河津县西入黄河。

【诗义解说】

我曾经在这里居住过一段时日，今天再来就好像回到家里。可爱的是汾河上的垂柳，见到我也像怀着依依情意。

南宋·佚名《柳溪钓艇图》

此图绘溪边岸上垂柳，土坡上有一茅舍，小溪中有一渔翁，头戴草笠，身穿蓑衣，正在垂钓。远处山影一抹，景物疏朗，意趣无穷。作者用花青、石绿描绘树丛和柳叶，用白粉点染柳花，赭色减笔画茅舍。设色清丽典雅，层次分明。

襄阳寒食寄宇文籍[1]

窦巩

烟水初销见万家[2]，东风吹柳万条斜。
大堤欲上谁相伴，马踏春泥半是花。

【难点疏通】

①襄阳：今湖北省襄樊市。寒食：古代节日名，在清明前一日或二日。相传春秋时晋文公对有功于他的介之推不公，介之推隐于绵山，文公悔悟，烧山逼令其出，之推抱树被烧死，后来人们为纪念他，相约于他的忌日禁火冷食，以为悼念，后相沿成俗，谓之寒食。②初销：刚刚散去。

【诗义解说】

烟雾刚刚消散就看见了万户人家，东风吹来万条杨柳在风中摆动。想要到大堤上去走走谁来相伴，马蹄践踏的春天泥土上大半都是落花。

南宋·佚名
《柳阁风帆图》

图上绘万柳丛中有一栋楼阁，阁中有几个人正倚楼远望。林中一条小径连着一座小桥，有人正走在桥上。图中湖光山色浩渺无尽，湖上两只帆船正扬帆而行。远空大雁成行，结队而飞。构图笔法精细，设色清丽，结构大疏大密，虚实相生。

梧桐

桐竹赠张燕公[①]

李伯鱼

北竹青桐北，南桐绿竹南。
竹林君早爱，桐树我初贪。
凤栖桐不愧，凤食竹何惭[②]。
栖食更如此，余非凤所堪[③]。

【难点疏通】

①桐：即梧桐，落叶乔木，种子可食，亦可榨油，供制肥皂和润滑油用。木质轻而韧，可制家具和乐器。古人认为梧桐是凤凰栖息之木。张燕公：即张说，唐武则天时任太子校书，开元初作中书令，封燕国公。 ②凤食竹：古代传说凤凰以竹的果实为食。 ③堪：承受，忍受。

【诗义解说】

北方的竹子生长在青桐的北面，南方的梧桐生长在绿竹之南。张君您早就爱上了竹子，我则刚刚喜欢上梧桐就割舍不断。梧桐不愧是凤凰栖止的树木，凤凰以竹实为食有什么不好看。凤凰住的吃的就是这样，其他东西凤凰都不屑一观。

元·李衎《四清图》(局部)

此图原为长卷，约在明代中期时被分割为前后两卷。前卷画慈竹、方竹各一丛，现藏美国堪萨斯城纳尔逊·艾特金斯美术馆。藏于北京故宫博物院的一段为后卷，图中所画兰、竹、石、梧桐，称“四清”，意喻君子的高洁品性。此卷亦可分为前后两段，前段画二石、竹和兰，取由右向左的斜势，后段画二梧桐和丛竹。这里选的是后段。画家于物造型，以实为主，竹树皆节叶俱备，兰石亦转叠多姿，画中枝叶虽密，但笔笔秀雅简洁，取形造势，无不顺畅。墨色浓淡相宜，变化自然。

段宥厅孤桐[1]

王昌龄

凤凰所宿处[2]，月映孤桐寒。
槁叶零落尽[3]，空柯苍翠残[4]。
虚心谁能见，直影非无端[5]。
响发调尚苦，清商劳一弹[6]。

【难点疏通】

①段宥：人名，事迹不详。 ②“凤凰”句：《庄子·秋水》：“夫鹓雏发于南海而飞于北海，非梧桐止。”雏，传说中凤凰一类鸟。 ③槁：枯槁。 ④柯：枝。 ⑤直影：因树直故影直。 ⑥清商：古代五音之一，其调清而悲凉，故称。这里泛指音乐。

【诗义解说】

凤凰夜晚栖身的地方，是月光照耀下那株寒冷的孤桐。枯萎的叶子都已随风飘散，空荡荡的枝干上翠绿已经不见。内里虚空谁能看得见，直直的影子不是凭空出现。发出的声响音调一片凄苦，还想劳动知音人制成琴瑟把清商曲奏弹。

南宋·佚名《桐阴玩月图》

图绘月色朦胧的夜晚，可见一座两层高楼，左侧回廊环绕，门前两株高大的梧桐，树荫遮蔽了整个院子。堂内一女子身着红色上衣和白色长裙，照看着院内一玩耍的小孩，表情悠闲自在。院内盆荷盛开，小草如茵，湖石点缀，意境清幽。图中楼阁为界画，丛竹、梧桐、翠柳、芭蕉兼工带写，笔法灵活多样。构图虚实结合，静中有动。

孤桐[1]

雍陶

孤桐余一干，风雨日萧条。
岁晚琴材老[2]，天寒桂叶凋。
已悲根半死[3]，复恐尾全焦[4]。
幸在龙门下[5]，知音肯寂寥。

【难点疏通】

①孤桐：孤立特出之梧桐。《尚书·禹贡》："峄阳孤桐。"《传》："孤，特也。峄山之阳特生桐，中琴瑟。" ②琴材：梧桐之材可制琴瑟。 ③根半死：汉枚乘《七发》："龙门之桐，高百尺而无枝，中郁结之轮菌，根扶疏以分离……其根半死半生……使琴挚斫斩以为琴。" ④尾全焦：即焦尾琴。《后汉书·蔡邕传》："吴人有烧桐以爨者，邕闻火烈之声，知其良木，因请而裁为琴，果有美音。而其尾犹焦，故时人名曰'焦尾琴'焉。" ⑤龙门：即禹门口，在山西省河津县西北和陕西省韩城市东北，黄河至此，两岸峭壁对峙，形如门阙，故名。

【诗义解说】

特立而出的梧桐只剩下一株，在风吹雨打之下一天天变得萧条。到了年底能制琴的材料已经苍老，天气寒冷桂树的叶子已经枯凋。已经为树根半死感到悲伤，又担心它的尾部全被烧焦。庆幸的是它生长在龙门之下，能听懂它声音的人哪里会少。

元·陆行直《碧梧苍石图》

陆行直，生卒年不详，字季衡，吴江（今江苏吴江）人。洪武（1368～1398）年间授翰林典籍。善书，诗画清劲，为人所称。此图绘巨大的湖石一块，屹立在画面正中，棱角分明。旁边一株梧桐和一株柏树冲天而立，叶子苍翠。笔墨清劲，构图平中寓险。画的右侧作者自题词一首："候虫凄断，人语西风岸。月落沙平流水漫，惊见芦花来雁。可怜瘦损兰成，多情因为卿卿。只有一只梧叶，不知多少秋声。"

石榴

同张侍御咏兴宁寺经藏院海石榴花

皇甫冉

嫩叶生初茂，残花少更鲜。
结根龙藏侧[1]，故欲并青莲[2]。

【难点疏通】

①龙藏：佛教故事讲，龙树入龙宫带着《华严经》，后借指佛家经典。这里指兴宁寺藏经院。 ②青莲：荷花。

【诗义解说】

嫩叶刚刚长出就十分茂盛，花朵虽然不多但格外新鲜。根子扎在藏经院内，是想与荷花齐头并肩。

明·陆治《端阳即景图》

斜坡上绿草点点，生机勃勃，岩石累累，近旁植有萱草、蜀葵、石榴等植物。石榴枝丫交错，迎风开放，叶与花相映成趣。葵枝直展上升，石下萱草艳丽夺目。石用浓墨绘出，叶用淡墨晕染，笔法多变，清新典雅。

榴花

韩愈

五月榴花照眼明①，
枝间时见子初成。
可怜此地无车马，
颠倒青苔落绛英②。

【难点疏通】

①照眼明：映入眼中一片光明。 ②青苔：阴湿的地方长出的绿色苔藓植物。绛英：红花。

【诗义解说】

五月盛开的榴花满眼一片明亮，树枝间不时可以看到刚刚长出的果实。可怜这个地方没有车马等交通工具，只好在长满青苔的地方颠颠倒倒看到红花落了一地。

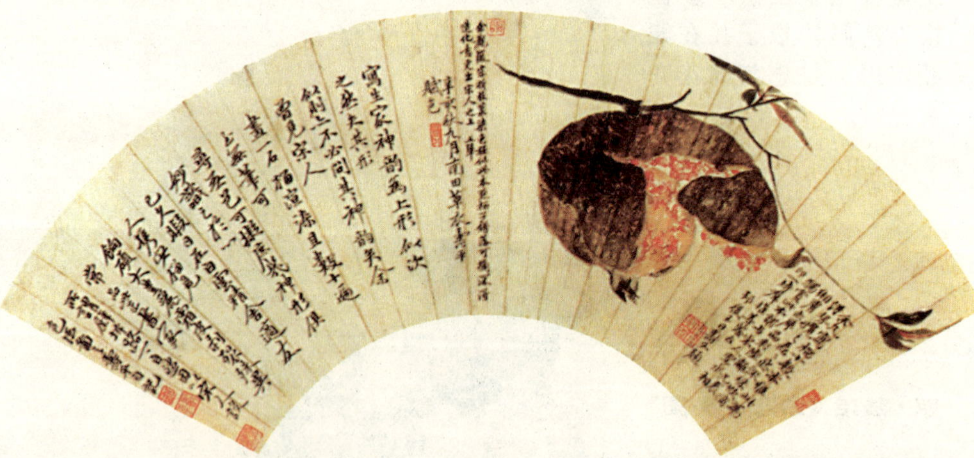

清 · 杨晋《石榴花图》

杨晋（1644～1728），字子和，一字子鹤，号西亭，自号谷林樵客、鹤道人，又署野鹤，江苏常熟人。农村景物颇工，尤长画牛，多写意，夕阳芳草、郊牧之风宛然在目，兼及人物写真、花鸟草虫。图中绘一已经成熟的石榴正绽开表皮，里面的果肉清晰可见。石榴表皮呈深褐色，里面的果实则鲜红欲滴，十分诱人。本图以彩墨直接绘出，使用的是没骨法。整幅画虽简约而内容丰富。

海石榴[1]

方干

亭际夭妍日日看[2]，每朝颜色一般般[3]。
满枝犹待春风力？数朵先欺腊雪寒[4]。
舞蝶似随歌拍转[5]，游人只怕酒杯干。
久长年少应难得[6]，忍不丛边到夜观[7]。

【难点疏通】

①海石榴：凡是从海外移栽的石榴均称海石榴。 ②夭妍：美丽妩媚。 ③一般般：都一样。 ④腊雪：腊月时下的雪。 ⑤歌拍：唱歌时打的拍子。 ⑥久长年少：永远年轻。 ⑦忍：怎忍。

【诗义解说】

亭子边的石榴开得十分艳丽我每天都来观看，每天都可看到它们的颜色那么鲜艳。挂满枝头的花朵正等着春风吹来，有那么几朵竟迎着腊月的寒冷露出笑脸。飞舞的蝴蝶好像随着节拍在翩翩起舞，春游的人怕的是杯里的酒喝完。人若长久年轻应该是难得的事情，怎忍心不利用夜晚到花丛边来观看。

明·项圣谟《山水花果图册·石榴》

图绘一枝石榴，枝上一个硕大的果实已经成熟，裂开了一道小缝，里面鲜红的果肉十分诱人。还有两个石榴，一个已接近成熟，另一个则刚刚做果，生动地表现了果实成熟的不同层次。用笔沉稳，设色妍雅，写实性强。

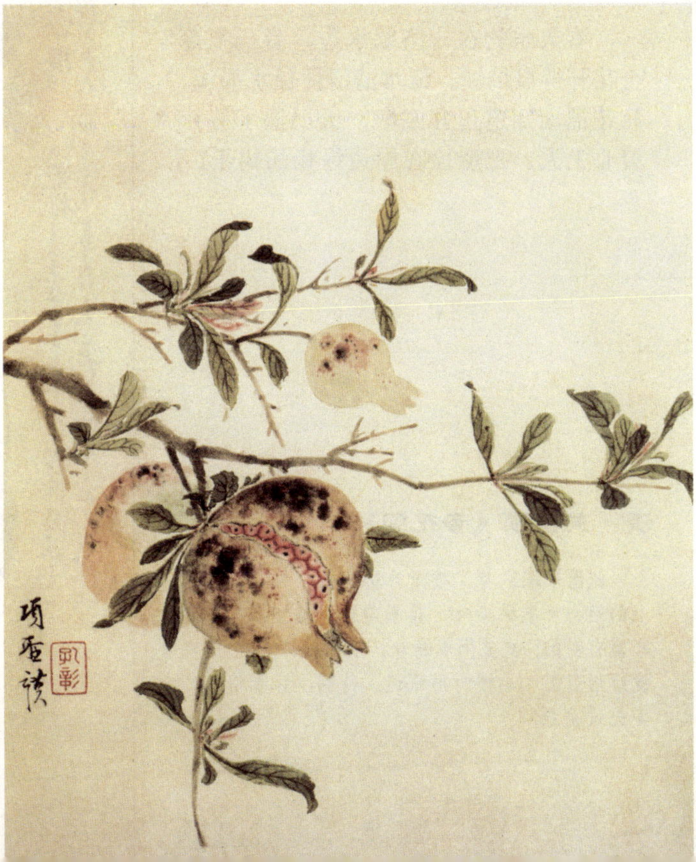

杏

钓鱼湾 储光羲

垂钓绿湾春，
春深杏花乱①。
潭清疑水浅，
荷动知鱼散。
日暮待情人，
维舟绿杨岸②。

【难点疏通】

①杏：落叶乔木，叶子宽卵形，花白色或粉红色，果实近球形，成熟时一般为黄红色，味道酸甜。乱：花开得灿烂。②维：挽，拴。

【诗义解说】

春天垂钓在一湾绿水边，春已很深杏花开得很灿烂。潭水清清怀疑水很浅，荷花摇动知道鱼儿四散。天已黑了等待着心上人，把船拴在岸边绿杨的树干。

清·吴昌硕《杏花图》

此图采取纵势，枝干升腾向上，给人一种向上的活力。墨绿染叶，赭墨勾脉，橘红点花，色彩富有变化，更显闹春意味。上有题诗一首：“晓镜娇烟鬓湿，小楼听雨眠迟。待到上林春信，一华先发高枝。”

春游曲

王涯

万树江边杏，新开一夜风①。
满园深浅色②，照在绿波中。

【难点疏通】

①“新开”句：意思是说，一夜春风来，杏花都开放了。　②深浅色：杏花的颜色有深有浅。

【诗义解说】

江边长满了上万株杏树，一夜春风吹来都绽开了花容。满园的花朵颜色深浅不同，都映照在绿色的波浪之中。

明·佚名《花鸟册·杏花飞燕》

一株杏树老干显得十分苍劲，老干上发出数根新枝，枝上长出片片嫩叶，杏花有的已经盛开，有的正含苞欲放，有红有粉，颜色艳丽，还有一只燕子凌空飞来，正奔向杏花，报告了春天的到来。作者兼用勾花点叶法和没骨法，线条圆润丰满，皴染有度，刻画工细，构图疏而不漏。

杏园花落时招钱员外同醉[①] 白居易

花园欲去去应迟，正是风吹狼藉时[②]。
近西数树犹堪惜[③]，半落春风半在枝。

【难点疏通】

①员外：本指正员以外的官员，后世因此类官职可以捐买，故富豪都可称员外。 ②狼藉：纵横散乱。 ③堪：承受。

【诗义解说】

花园想去没去再去就迟了，正是春风劲吹满地落花之时。靠近西边那几株树尤其值得可怜，花朵一半被春风吹落一半还挂在树枝。

清·李方膺《花卉册·杏叶》

李方膺（1695～1755），字虬仲，号晴江，别号秋池、抑园、白衣山人。为“扬州八怪”之一。工诗文书画，擅梅、兰、竹、菊、松、鱼等，自成一格，其画笔法苍劲老厚，剪裁简洁，不拘形似，活泼生动。图上的杏叶经秋风一吹，都变成了红色，让人想起杜牧的“霜叶红于二月花”诗句。本图用笔细腻，枝干用墨笔勾画，复以点苔。叶用彩墨绘出，间用细笔勾画筋络，充分表现出叶子即将凋零。整幅图布局新颖，左边充实，右边空白，以示秋的孤寂。

梨

冬郊行望　王勃

桂密岩花白①，
梨疏林叶红②。
江皋寒望尽③，
归念断征蓬④。

【难点疏通】

①桂密：桂花稠密。白：桂花有两种，黄的叫金桂，白的叫银桂，这里指的是银桂。 ②梨：落叶乔木，叶子卵形，花多为白色，果实多汁，可食用。这里指十月结果的秋子梨。 ③江皋：江边高地。 ④征蓬：随风滚动的蓬草。

【诗义解说】

长在山岩上的桂花开得一片雪白，梨树稀疏的叶子经霜后变得鲜红。寒冷中站在江边望着遥远的地方，想回故乡的念头就像断了根的飞蓬。

清·任颐《桃梨鹌鹑图》

此图用勾勒与没骨法描绘了洁白的梨花和鲜红的桃花，枝干参差，墨彩交融，春意盎然。花枝下一只鹌鹑，缩首而立，好像在觅食。羽毛用浓淡墨色加彩点写，形象生动，栩栩如生。此外还有湖石、丛草点缀，使画面增添了自然之趣。

左掖梨花[1]

丘为

冷艳全欺雪[2]，余香乍入衣。
春风且莫定[3]，吹向玉阶飞[4]。

【难点疏通】

①左掖：唐时门下省在日华门，名左掖，也称东省；中书省在月华门，名右掖，也称西省。 ②欺：胜过。 ③莫定：不要停下来。 ④玉阶：用玉砌成或装饰的台阶。也代指朝廷。

【诗义解说】

冷峻而又艳丽完全超过了冰雪，淡淡的香气刚刚进入衣服之内。春风不要停下吹动的脚步，请把梨花吹向玉砌的台阶。

明·周之冕《梨花绶带图》

周之冕（1521～?），字服卿，号少谷，长洲（今江苏苏州）人。善用勾勒法画花，以水墨点染叶子，画法兼工带写，人称勾花点叶法。所作花鸟，形象真实，意态生动，颇有影响。图上一株梨枝垂垂而下，几朵白色花朵点缀在绿叶之中，充满了生命的活力。一只绶带鸟修长圆融，活泼光艳，站在枝上，口里还叼着一只蜘蛛。此图用笔工细，每一个细微之处都不放过，整幅画面如行云流水，表现力极强。

梨花下赠刘师命

韩愈

洛阳城外清明节，百花寥落梨花发。
今日相逢瘴海头①，共惊烂漫开正月②。

【难点疏通】

①瘴海：南方有瘴气的地方。瘴气，指西南地区山林间湿热蒸发能致病的气体。 ②"共惊"句：在北方，梨花到清明时节才开，可南方因为气候温暖，正月就已经开花，所以，对韩愈这个北方人来说，感到吃惊。

【诗义解说】

在洛阳的城外清明时节，百花都已凋落梨花才刚刚盛开。今天相逢在南方的大海边，共同感到吃惊的是正月梨花就已一片雪白。

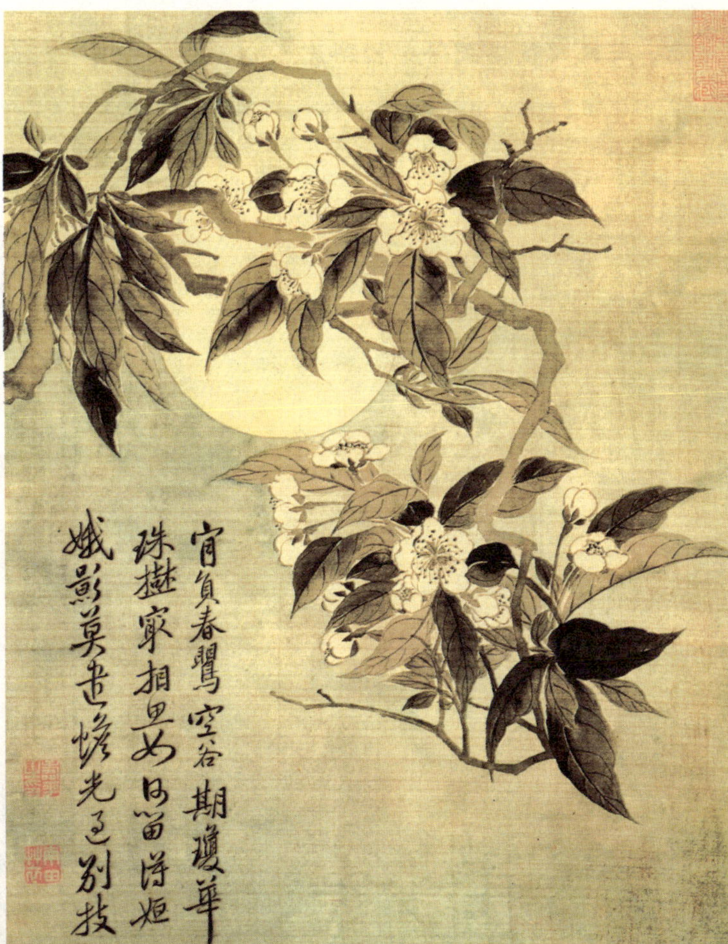

清·恽寿平《花卉册·梨花》

此册共十二开，这里选的是梨花一开。图绘月夜当空，一枝梨花在月光下显得婀娜多姿。朵朵梨花十分素淡，一股高雅之气迎面而来。树叶繁茂，更衬出花的出群。此图用笔工细，花蕊和树叶的脉络历历在目。

紫藤

紫藤树[1]

李白

紫藤挂云木[2]，花蔓宜阳春[3]。
密叶隐歌鸟，香风留美人。

【难点疏通】

①紫藤：蔓生植物，茎缠绕他物，花紫色，呈蝴蝶形，可供观赏。 ②云木：有云雾缭绕的树木，形容其高。 ③阳春：温暖的春天。

【诗义解说】

紫藤挂在高高的大树上，飘柔的花蔓在温暖的春光下十分茂盛。密密的叶子隐藏了歌唱的鸟儿，一阵香风吹来留住了美人脚步的行进。

清 · 王武《花鸟图册 · 紫藤》

图上浓密的藤花团团簇簇，似乎有一股强烈的香气扑面而来。伸出的长长藤条在春风中摇曳，玲珑的湖石上苔痕点点，到处都能让人感受到春的气息。此图勾点皴染并用，工写俱佳，气氛渲染非常到位，让人如身临其境。

潭上紫藤

李德裕

故乡春欲尽，一岁芳难再[①]。
岩树已青葱[②]，吾庐日堪爱[③]。
幽溪人未去，芳草行应碍[④]。
遥忆紫藤垂，繁英照潭黛[⑤]。

【难点疏通】

①一岁：一年。 ②岩树：长在岩石上的树。 ③庐：房舍。 ④行应碍：影响、妨碍走路。 ⑤繁英：繁花。黛：青黑色。

【诗义解说】

故乡的春天就要过去，一年鲜花盛开的日子难以再来。岩石上的树木已经长得十分茂盛，我的住屋也一天天地变得可爱。溪水过于幽深没有人的足迹，因为野草长得茂盛影响了行走。忆起遥远的家乡紫藤已垂下新条，一树的鲜花照在潭水上一片青黛。

清·蒋廷锡《藤花山雀图》

蒋廷锡（1669～1732），字扬孙，一字西君，号南沙、西谷、青桐居士，江苏常熟人。擅长花鸟，以逸笔写生，敷色晕墨，能自然洽和，风神生动。点缀坡石，偶作兰竹，亦皆雅致。图中一块湖石玲珑剔透，一条小溪从远处流来，兰花、灵芝、野草等植物生长在小溪两岸。一株大树茁壮挺拔，紫藤缠绕在树上，藤花已完全绽放。显然山雀受到花的感染，款款飞来。另一只落在树上的小鸟回首而鸣，像在呼唤同伴，一派鸟语花香。图用逸笔绘兰花和藤花，山石、树木皴擦并用，设色典雅，并注重光线的明暗。

紫藤

许浑

绿蔓秾阴紫袖低①，
客来留坐小堂西。
醉中掩瑟无人会②，
家近江南罨画溪③。

【难点疏通】

①紫袖：指紫藤垂下的紫色藤条。 ②掩：关上，合上。 ③罨（yǎn）画：色彩鲜明的绘画。这里指如画的风景。

【诗义解说】

绿色的枝蔓浓浓的树荫垂下低低的紫色藤条，客人来后就坐在小堂之西。喝醉了酒掩上琴瑟无人理会，因为家就住在风景如画的江南小溪。

清·恽冰《紫藤虞美人图》

恽冰，女，约为清顺治至雍正年间人，祖籍江苏常州，字清於，名冰，又名竹西，号浩如、兰陵女史等，闺名香雪楼。擅长写生花卉，用笔纤细蕴藉，用色精纯秀丽，得恽寿平没骨法，与常熟马荃的勾染法，时称“双绝”。此图构图简洁，绘紫藤和虞美人两种花卉，以紫藤为主，枝枝虬曲，花叶顺枝蔓延而下，下方有虞美人花两朵与之呼应。全图繁简得当，上下呼应，设色淡雅，赏心悦目。

女贞

秋浦歌之十

李白

千千石楠树[①]，万万女贞林[②]。
山山白鹭满，涧涧白猿吟。
君莫向秋浦，猿声碎客心。

【难点疏通】

①石楠：蔷薇科石楠属的常绿小乔木或灌木，产于我国秦岭以南各省区，为亚热带树种，早春嫩叶绛红，初夏白花点点，艳丽可爱，叶片终年常绿，可修剪成行，以供欣赏。　②女贞：常绿小乔木或大灌木，花小，芳香，密集成顶生的圆锥花序，核果长椭圆形，微弯曲，熟时紫蓝色，带有白粉，产于江苏、浙江、湖南、福建、广西、江西、四川等地。李时珍《本草纲目》引《神农本草经》："此木凌冬青翠，有贞守之操，故以贞女状之。"

【诗义解说】

这里的石楠树有上千棵，这里的女贞树有上万株。每座山上都落满了白鹭，每条山涧里都有白猿在哀吟。请您不要到秋浦那个地方去，那里的猿声能叫碎客人的心。

清·恽寿平《腊梅松树图》

图上的罗汉松由右向左伸展开来，几乎占据了全部画面。树干根处生长着腊梅和女贞，粉红色的腊梅花正迎寒怒放，女贞的红果也红艳无比。三者并生并长，相依相伴，凌寒不惧，傲然挺立，为寒冬带来了一抹暖色。松叶用双勾绘出，梅花和女贞则用细笔点染，使整幅画面色泽醒目，搭配合理。

枣

内乡村路作①

杜甫

日下风高野路凉②，缓驱疲马暗思乡。
渭村秋物应如此，枣赤梨红稻穗黄。

【难点疏通】

①内乡：唐县名，今属河南。此诗作于长庆二年（822），作者从长安至杭州途中。②风高：风大。

【诗义解说】

太阳下山秋风萧瑟野外的道路一片凄凉，慢慢地赶着疲弱的瘦马暗暗地思念家乡。渭村的景物应该也是这样，红色的枣子红色的梨稻穗金黄。

清·杨晋《蔬果图》（局部）

这里截取的一段，从右往左依次为杨梅、苹果、枣和银杏。果的颜色有大红、浅红、紫色和绿色，叶则有深绿和浅绿之分。颜色搭配合理，色泽艳丽，用笔工细，形象逼真。

忆友人

喻凫

银地无尘金菊开[1]，紫梨红枣堕莓苔。
一泓秋水一轮月[2]，今夜故人来不来[3]。

【难点疏通】

①银地：月光下的大地一片银色。 ②泓：一片水域。 ③故人：老朋友。

【诗义解说】

银色的大地没有尘埃金菊正在盛开，紫色的梨红色的枣落在了青苔。一湾秋水里面倒映着一轮明月，今天夜晚不知有没有老朋友到来。

清·李方膺《花果图·枣柿》

此图绘两根枣枝，横伸而出，枝上叶子不多，枣子有青有红。两只柿子以橘红色绘出，柄和叶托则用绿色，显得鲜嫩可爱。画面虽然用笔不多，但简洁而有深意。画上有作者题诗一首：“冻枣垂垂映柿红，来年买米做农工。只愁县吏催科急，贱卖青钱到手空。”

桂

题殿前桂叶[①] 卢僎

桂树生南海，芳香隔楚山[②]。
今朝天上见，疑是月中攀[③]。

【难点疏通】

①桂：常绿小乔木或灌木，叶子椭圆形，花小，白色或暗黄色，有特殊香味，可供观赏，也可做香料。 ②楚山：泛指楚地（今湖南湖北一带）的山。 ③月中攀：据《酉阳杂俎》："旧言月中有桂，有蟾蜍。故异书言，月桂高五百丈，下有一人常斫之，树创随合，其人姓吴名刚。"

【诗义解说】

桂花树生长在南海边，浓郁的芳香隔着楚山。今天早晨看见了天上的桂树，怀疑自己是在月中把桂枝折攀。

清·华岳《桂树绶带图》

华嵒（1682～1756），字德嵩，号秋岳、新罗山人、新罗生等，别号东园生，老年自喻"飘蓬者"。福建上杭白砂里人。花鸟画最负盛名，形成兼工带写的小写意手法。人物方面成就也很突出。本图以长轴形式充分显现了桂树的高大劲挺，桂旁有细竹相伴，更衬出桂树的高大。树下方兰草、灵芝丛生，树上落一只秀丽的绶带鸟，头向下，似乎正看着灵芝而发出叫声。此图用笔工细，桂叶的纹理十分清晰，竹叶和兰草均用双勾，石上用浓墨点苔。设色清雅而古朴，凸显富贵之气。

送杨行元赴举 刘商

晚渡邗沟惜别离①，
渐看烽火马行迟②。
千钧何处穿杨叶③，
二月长安折桂枝④。

【难点疏通】

①邗（hán）沟：春秋时吴王夫差为争霸中原，在江淮间开凿的一条古运河。其故道自今江苏扬州市南引长江水北过高邮西，折东北入射阳湖，又西北至淮安北入淮河。②烽火：即烽火台，古代边防举火报警的建筑。③千钧：古代三十斤为一钧，千钧即三万斤，常用来形容责任重大。穿杨：指射箭能于远处命中杨树的叶子，极言射艺之精，这里指杨行元此行一定能中举。④折桂：古代指科举及第。

【诗义解说】

夜晚渡过邗沟惋惜的是就要分手，渐渐地看到烽火台马也走得不急。此行责任重大在什么地方科举及第，到了二月就要在长安城内攀折桂枝。

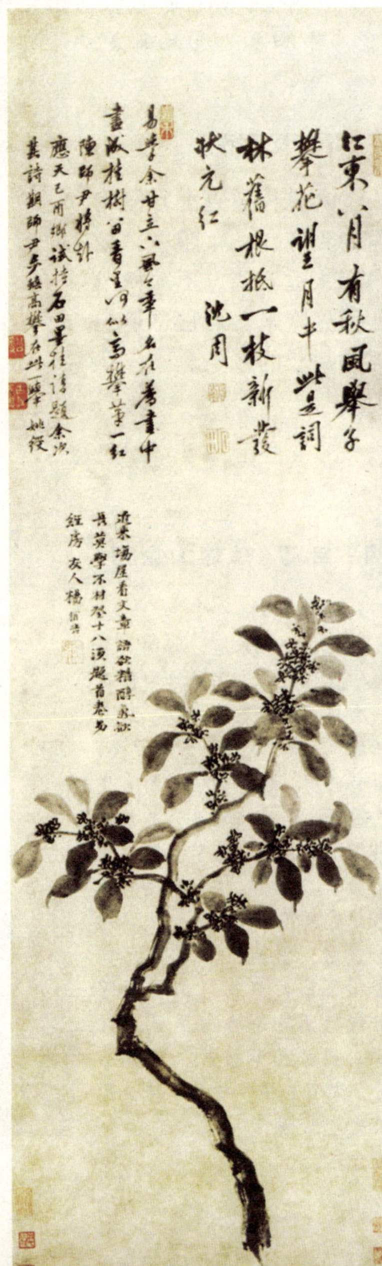

明 · 沈周《折桂图》

此幅水墨折枝桂花以淡墨点染，焦墨作花，下笔凝练，花叶全不勾茎，笔意清润。上有沈周自题诗一首："江东八月有秋风，举子攀花望月中。此是词林旧根柢，一枝新发状元红。"

山中桂

雍裕之

八树拂丹霄①，四时青不凋②。
秋风何处起，先袅最长条③。

【难点疏通】

①丹霄：绚丽的天空。②四时：四季。③袅：摇曳。

【诗义解说】

八株桂树直上彩霞绚丽的天空，一年四季总是翠绿永远不凋。不知秋风从何处吹来，可它总是先摇动最长的枝条。

明·吕纪《桂菊山禽图》

吕纪（1447～?），字廷振，号乐愚，一作乐渔，四明（浙江宁波）人。孝宗弘治中供事仁智殿，官锦衣卫指挥。绘禽鸟如凤、鹤、孔雀、鸳鸯之类，俱有法度，设色艳丽，富有生气。图上绘有一株高大的桂树斜立于土坡上，花繁叶茂，一片生机。树枝上落着数只八哥，有两只隔枝对语，一只翘首远眺，另有一只绶带鸟向着树下高声鸣叫，似在招呼土坡上正在争食的另三只同伴。树旁丛菊盛开，芳草丛丛，湖石点缀。造型严谨，形象生动活泼。

桂花曲

无名氏

可怜天上桂花孤[①]，
试问姮娥更要无[②]。
月宫幸有闲田地[③]，
何不中央种两株[④]。

【难点疏通】

①桂花孤：相传月中有桂树一株，故云“孤”。 ②姮娥：嫦娥。更要无：还要不要。③幸：庆幸的是。 ④何不：为什么不。

【诗义解说】

可怜天上桂花只有一株实在是孤单，试着问问嫦娥是不是还想多要几棵桂树。庆幸的是月亮里面还有未耕种的田地，为什么不在中间再种上两株。

清·蔡嘉《桂林玩月图》

蔡嘉，生卒年不详，字松原，一字岑州，号雪堂，一号旅亭，又号朱方老民，江苏丹阳人，侨居扬州。精花卉、山石、翎毛、虫鱼等，尤善青绿山水。善诗，工草书。图上树木葱茏苍秀，一轮皎洁的明月当空普照，水上清波荡漾，小桥横卧，十分清逸。一高士手持团扇，在林间赏月，神态悠然。此图用笔工细舒展，疏密、浓淡、繁简恰到好处。

松

题张老松树

宋之问

岁晚东岩下①，周顾何凄恻②。
日落西山阴，众草起寒色。
中有乔松树③，使我长叹息。
百尺无寸枝，一生自孤直④。

【难点疏通】

①东岩：东边的山岩。 ②周顾：向四周看。 ③乔：高。 ④孤直：孤高耿直。

【诗义解说】

到年底来到东边山岩的下边，四周望去多么让人感到凄惨。太阳落下西山一片阴暗，所有的野草都有了寒冷的容颜。中间有一棵高大的松树，让我感慨而叹息连连。百尺之高没有一寸的枝桠，一生就是这样孤高正直地站在人间。

南宋·马麟《静听松风图》

图绘临溪坡岸上，两株古松偃卧盘曲，如龙一般。山风阵阵，藤萝飞舞，枝叶摇曳。坡下溪水蜿蜒，远山朦胧，一高士屈腿坐在偃松之上，侧耳聆听松涛，一童侍立于前。图用浓墨密皴树干，人物衣纹劲利流畅。

新秦郡松树歌[1]

王维

青青山上松，数里不见今更逢[2]。
不见君，心相忆，此心向君君应识。
为君颜色高且闲[3]，亭亭迥出浮云间[4]。

【难点疏通】

①新秦郡：故址在今陕西神木县北四十里。歌：古诗的一种体裁，唐以前一般是可以歌唱的诗，但到唐代，大都不入乐。 ②更：又。 ③为：因为。颜色：姿态，容貌。高：高雅。闲：闲静。 ④亭亭：直立的样子。迥：远。

【诗义解说】

青翠而茂盛的山上青松，走了好多里都没看见今天又相逢。没有见到松树，心间一直惦念，一心向着您您应该心知肚明。为的是您的容颜既高雅又闲静，笔直挺立高出飘动的白云。

元·李衎《双松图》

图上绘有高大的松树两株，衬以古木竹石。树干十分挺拔，苍劲有力，针叶茂密，郁郁葱葱。松树精勾细染，形象逼真，具有写实风格，而勾勒披石则带飞白的逸笔。

玩手植松

施肩吾

却思毫末栽松处①，
青翠才将众草分。
今日散材遮不得②，
看看气色欲凌云③。

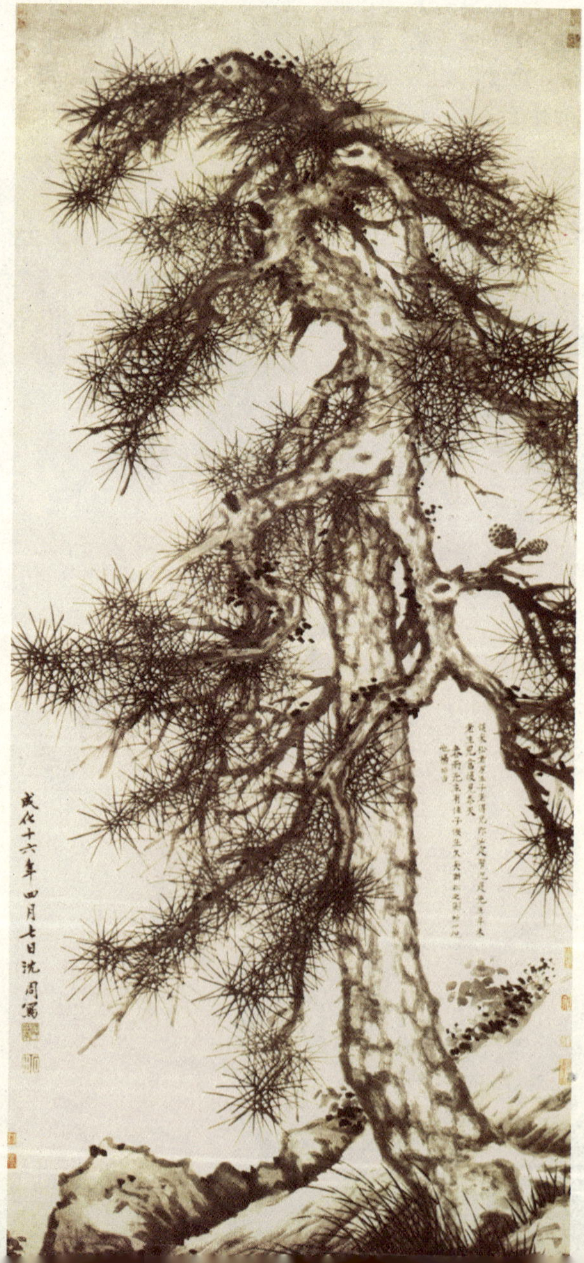

【难点疏通】

①却：还，再。毫末：毛笔的尖端，以喻微细之物，此指小松苗。 ②散材：指松以外其他树木。 ③气色：气质与颜色。

【诗义解说】

再想想当时把小树苗栽下的时候，青翠的颜色刚刚能与各种小草分开。到了今天其他的树木都不能把它遮蔽，看看它的气色似有凌云的气概。

明·沈周《松石图》

此图绘山坡上苍松一株，顶天立地，枝繁叶茂，树下坡石上细草丛生，充满生机。此图用笔苍中带秀，柔中有刚，笔墨厚重，酣畅淋漓，气势雄健。

小松　杜荀鹤

自小刺头深草里①，
而今渐觉出蓬蒿②。
时人不识凌云木③，
直待凌云始道高④。

【难点疏通】

①刺头：这里指松树的尖。②蓬蒿：蓬草和蒿草，也泛指野草。　③时人：当时的人。凌云：直上云霄。　④道：说。

【诗义解说】

原来小松树尖尖的头被埋在深草里，现在逐渐觉得它长出了蓬蒿。当时人不知道这是一种凌云的树木，直到长入高空时才说它是那样的高。

清·李鱓《松石紫藤图》

图中一株苍松直上云霄，紫藤绕在松枝之上，松树下怪石嶙峋，一丛牡丹姹紫嫣红。此图用工笔绘制鲜花，形象逼真；于松石用写意，勾皴点染并用，松针用细笔勾出，墨色有浓有淡，树干则用披麻皴，尽显苍劲。山石用小斧劈皴，具有强烈质感。

戏题松树

皎然

为爱松声听不足①，
每逢松树遂忘还②。
翛然此外更何事③，
笑向闲云似我闲。

【难点疏通】

①为：因为。 ②遂：就。③翛（xiāo）然：自由自在的样子。

【诗义解说】

因为喜爱听松的声音总也听不够，每当碰到松树我就乐而忘返。自由自在之外还有什么别的追求，笑着面对白云像我一样悠闲。

明·项圣谟《五松图》

此图绘植于庭院中的古松，伴以湖石花草和翠竹。这五棵松树，树干有的舒展，有的蟠曲，如龙飞舞，造型生动，气韵不凡。用笔以中锋为主，层次分明。盆中石块造型圆浑而严谨，花、竹描绘精爽，坛中细草茸茸，湿润鲜活，充满生机。

杉

老恨

刘叉

雪打杉松残①，补书书不完。
懒学渭上翁②，辛苦把钓竿。

【难点疏通】

①杉：常绿乔木，高可达三十米以上，树冠的形状像塔，叶线状披针形，果子球形，木材白色或淡黄色，质轻耐朽，可供建筑或制造器具用。 ②渭上翁：指姜太公，名吕尚，字子牙，家贫，曾在渭水边钓鱼，遇周文王，受到重用，佐周武王灭商，被武王尊为尚父。

【诗义解说】

经雪打后杉树和松树都已残损，想补写书籍也没有补完。懒得学渭河上的那位钓鱼翁，辛辛苦苦手把着钓鱼竿。

金·李山《风雪杉松图》(局部)

李山，曾于大定年间出任汾州节度使，泰和年间入直秘书监，与王庭筠父子有交往。代表作品有《风雪松杉图》等。此图绘严寒积雪，参天的杉松立于风雪之中，篱院茅屋里，有一人拥炉而坐，屋后有一半露的草亭。杉松成为画面的主体，表现了在严寒中的劲挺之美。用笔劲硬，简洁豪壮。

桑

子夜吴歌·春歌

李白

秦地罗敷女①，采桑绿水边。
素手青条上②，红妆白日鲜。
蚕饥妾欲去③，五马莫留连④。

【难点疏通】

①罗敷：据晋崔豹《古今注·音乐》："《陌上桑》出秦氏女子。秦氏，邯郸人，有女名罗敷，为邑人千乘王仁妻。王仁后为越王家令，罗敷出采桑于陌上，越王登台见而悦之，因饮酒欲夺焉。罗敷乃弹筝，乃作《陌上桑》以自明焉。"后泛指美女名。　②素手：洁白的手。　③妾：我，罗敷自称。　④五马：汉乐府《陌上桑》："使君从南来，五马立踟蹰。"汉代太守驾车用五匹马。

【诗义解说】

秦地有个美女叫罗敷，采着桑叶在清清的河水边。洁白的手搭在青青的树枝上，红色的装束在白日里格外鲜艳。蚕已饿了我得马上回去，坐在五马车上的太守不要在那里傻站。

南宋·佚名《蚕织图》（局部）

这是一幅长卷，共由二十四个场面组成，每个场面都标有节气和生产周期。从"腊月浴蚕"、"谷雨第一眠"到抽丝结茧、织绢、入箱等工序都做了真实的表现。画中还有七十一个人物，姿态各异，生动逼真。手法采用线描加淡彩。这里选的是采桑一段。

蚕妇

来鹄

晓夕采桑多苦辛①，
好花时节不闲身。
若教解爱繁华事②，
冻杀黄金屋里人③。

【难点疏通】

①晓夕：从早到晚。 ②解爱：懂得喜爱。繁华事：荣华富贵之事。 ③黄金屋：显贵们居住的房屋。

【诗义解说】

从早到晚都要采桑多么辛苦，花开得正盛的时节却得不到休闲。如果让蚕妇们懂得享受荣华富贵，那么住在黄金屋里的显贵就要被冻得不堪。

清·禹之鼎《采桑图》

禹之鼎（1647～1716），字尚吉，一字尚基，一作尚稽，号慎斋，广陵（江苏扬州）人。擅山水、人物、花鸟、走兽，尤精肖像。写真多白描，秀媚古雅，为当代第一，名人小像多出其手。图绘远山连绵，山上云雾蒙蒙，山下几株桑树已经展开了枝叶，两个采桑女手提竹篮，沿岸边向桑树走去。一股融融春意扑面而来。显示了作者高超的表现能力。

木棉

送蜀客

张籍

蜀客南行祭碧鸡①，
木棉花发锦江西②。
山桥日晚行人少，
时见猩猩树上啼。

【难点疏通】

①碧鸡：传说中的神物。《汉书·郊祀志下》："或言益州（今四川）有金马、碧鸡之神，可醮祭而致，于是遣谏议大夫王褒使持节而求之。" ②木棉：落叶乔木，在叶长出之前开花，花大而红，结卵圆形蒴果，种子的表皮有白色纤维，质柔软，可用来装枕头等，又名攀枝花、英雄树等。锦江：岷江的支流，流经四川成都平原，相传蜀人织锦濯于其中，锦色鲜艳，故称锦江。

【诗义解说】

蜀地客人南行都要祭祀碧鸡，此时木棉花正开在锦江之西。山里的桥梁因为天晚行人稀少，时时看见猩猩在树上鸣啼。

明·孙艾《木棉图》

孙艾，生卒年不详，字世节，号西川翁，江苏常熟人。学诗于沈周，工绘画，山水宗黄公望、王蒙，曾为沈周写照。此图绘折枝木棉一枝，枝叶繁茂，鲜花怒放。从下往上，花已开、正开、未开，层次历历在目。图用石青没骨法绘叶，浓色为面，淡色为背，刻画细致，清新雅逸。

椿树

梦游仙

贯休

车渠地无尘①，行至瑶池滨②。
森森椿树下③，白龙来嗅人④。

【难点疏通】

①车渠：车辙。 ②瑶池：神话传说中为西王母居住的地方。 ③椿树：即香椿，落叶乔木，羽状复叶，花白色，果实为蒴果，椭圆形，茶褐色，嫩叶有香味，可食。又《庄子·逍遥游》："上古有大椿者，以八千岁为春，八千岁为秋。" ④白龙：神话传说中的河神。

【诗义解说】

车走过的地方没有一点儿灰尘，一直走到遥远的瑶池之滨。在高大无比的椿树之下，河神白龙来到身边嗅个不停。

明·唐寅《椿树双雀图》

图绘两只麻雀落在椿树枝上，一个低头向下，一个仰头向上，似在亲密交谈，情意绵绵。枝分两杈，分别向上向下伸展，枝上叶子点点。此图用笔简括，纯用写意，枝叶笔法恣意挺健。

柏

奉和正旦赐宰臣柏叶应制[①] 武平一

绿叶迎春绿，寒枝历岁寒。
愿持柏叶寿[②]，长奉万年欢。

【难点疏通】

①正旦：正月初一。柏：一种常绿乔木，叶子鳞片状，果实卵形或球形，木材质地坚硬，可用做建筑材料。应制：特指应皇帝之命写作诗文。 ②柏叶寿：因柏树寿命很长，所以常赠柏叶以祝寿。

【诗义解说】

绿色的叶子迎着春光更加翠绿，寒冷的枝叶经历了最寒冷的时间。愿意拿着柏叶向您祝贺长寿，为的是长久地侍奉您直到万年。

清·朱耷《松柏同春图》(局部)

这是一幅十米多长的长卷，图绘松、柏、桐、椿等树，穿插坡石和灵芝。树木枝干或横斜而出，或向上挺立，或纷披倒挂，或虬曲伸展，各呈其态。笔墨粗犷雄健，圆浑爽利，墨色多用湿笔点染和晕染，滋润酣畅。这里选取的是柏树一段。

使院中新栽柏树子呈李十五栖筠[1]

岑参

爱尔青青色[2]，移根此地来。
不曾台上种[3]，留向碛中栽[4]。
脆叶欺门柳，狂花笑院梅。
不须愁岁晚，霜露岂能摧。

【难点疏通】

①使院：节度使办公之院称使院。 ②尔：指柏树。 ③台：指御史台。汉御史台多植柏树，后称御史台为柏台或柏府。 ④碛（qì）：沙漠。

【诗义解说】

我十分喜欢你青青的颜色，才把你的根移到这个地方来。不曾种植在御史台上，留着在这大沙漠里栽。脆嫩的叶子欺负门前的柳树，疯狂的花朵嘲笑院里的梅开。不用担心已经到了深秋季节，寒霜繁露岂能把你摧败。

清·华嵒《八百遐龄图》

此图采用八哥和柏树的谐音绘制而成，遐龄为长寿之意。图绘一株巨柏凌空而起，树间有八只八哥，有的追逐嬉戏，有的相向鸣叫，活泼可爱。树下萱花盛开，湖石点衬。树干勾染兼用，柏叶用攒笔点画，八哥的羽毛以浓淡墨色点染，笔力苍劲。

武侯庙古柏① 雍陶

密叶四时同一色②，
高枝千岁对孤峰③。
此中疑有精灵在，
为见盘根似卧龙④。

【难点疏通】

①武侯庙：即诸葛亮庙，在今四川成都市南郊，庙前有双柏，相传为诸葛亮所植。 ②四时：四季。 ③孤峰：指岷山。 ④为：因为。

【诗义解说】

浓密的树叶一年四季都是一个颜色，高高的树枝一千多年来面对着岷山孤峰。这里面我怀疑有一种精灵存在，因为我看见了盘曲的树根就像卧着的苍龙。

明 · 项元汴《柏子图》

项元汴（1525～1590），收藏家、画家。字子京，号墨林，嘉兴（今属浙江）人。家境富裕，广搜法书名画，收藏之丰富，甲于江南。善作墨竹梅兰，天真雅淡，富于逸趣。图绘柏树一株，亭亭如盖，枝上藤萝缠绕，柏树果实挂满枝头。树下有翠竹、荆棘、小草点缀，一湖石屹立于柏树之下，不仅加强了柏树的稳定感，而且还使画面内容更加丰富。用笔兼工带写，似不经意间，创造了一种特殊美感。

丁香

丁 香[1]

杜甫

丁香体柔弱，乱结枝犹垫[2]。
细叶带浮毛，疏花披素艳。
深栽小斋后[3]，庶近幽人占[4]。
晚堕兰麝中[5]，休怀粉身念[6]。

【难点疏通】

①丁香：常绿乔木，生长在热带地方，叶子长椭圆形，花淡红色，可供药用，果实长球形，种子可榨丁香油，做芳香剂。种仁由两片形状似鸡舌的子叶抱合而成，故又名鸡舌香。此与北方生长的丁香树不是一个品种。 ②乱结：胡乱地纠结在一起。垫：下垂。 ③小斋：小房。 ④庶：希望，但愿。幽人：隐居之人。 ⑤兰麝：兰与麝香，都是名贵的香料。 ⑥粉身：因为一旦被用作香料，就要粉身碎骨。

【诗义解说】

丁香的枝叶本来就十分柔弱，胡乱纠结还是垂下轻盈的枝干。细细的叶子上带着一层绒毛，稀疏的花朵展现着一种淡雅的鲜艳。深深地栽在小房子的后面，希望能与隐居之人结缘。晚年容易堕入兰和麝香的队伍里，注意不要怀着粉身碎骨牺牲自己的观念。

明 · 孙克弘《百花图》(局部)

孙克弘（1533～1611），字允执，号雪居，华亭（今上海松江）人。擅画花卉，气格古雅。这是一幅五米多的长卷，绘有丁香、梅花、山茶、芍药、菊花等四季花卉多种，这里选的是丁香一段。图上丁香枝条柔弱，叶子纤细，紫色花朵簇拥在枝头，似有一股淡淡的香气从画面中飘来。此图花瓣精勾细染，画法工细，设色清丽。

枫

山行　杜牧

远上寒山石径斜[1]，
白云生处有人家[2]。
停车坐爱枫林晚[3]，
霜叶红于二月花[4]。

【难点疏通】

①石径：石头铺成的小路。　②生处：生长之处。　③坐：因。枫：即枫香树，落叶乔木，叶互生，通常三裂，边缘有细锯齿，秋天时叶子艳红，可供观赏。　④霜叶：被霜打的叶子。

【诗义解说】

一条弯弯曲曲的小路蜿蜒伸向山顶，白云缭绕的地方住着几户人家。车子停下来是因为喜欢傍晚的枫树林，被霜打的叶子鲜红胜过二月的鲜花。

清·傅山《山水花卉图册·飞瀑秋枫图》

傅山（1607～1684），山西省太原市尖草坪人。初名鼎臣，字青竹，后改青主，别号公它、公之它等，先世居山西大同，后迁山西忻州。著名的学者，哲学、医学、儒学、佛学、诗歌、书法、绘画、金石、武术、考据等等无所不通。此画册是傅山与傅眉合作，共十六开，傅山画五开，这里选的是《飞瀑秋枫图》。此图构思很有特色，枫树和瀑布位于画面中间，飞瀑像从枫树中间喷涌而出。群山巨石是枫树和飞瀑的衬托，山色的淡雅突出了枫叶的红火和飞瀑的洁白。瀑布中间还有一条游廊，显然是为观瀑而设。

初至巴陵[1]

贾至

江畔枫叶初带霜，渚边菊花亦已黄[2]。
轻舟落日兴不尽，三湘五湖意何长[3]。

【难点疏通】

①巴陵：今湖南岳阳。 ②渚：水中间的小块陆地。 ③三湘：指湖南湘乡、湘潭、湘阴，也泛指湘江流域。五湖：因洞庭湖由五湖组成，故称。

【诗义解说】

江边的枫叶刚刚挂上轻霜，水边的菊花也已经泛黄。坐在小舟上夕阳西下可游兴不减，再游三湘五湖情意该有多么悠长。

清·王鉴《虞山十景图·吾谷丹枫》

王鉴（1598～1677），字玄照，后改字园照，号湘碧，又号香庵主，江苏太仓人。明代著名文人王世贞曾孙，家藏古今名迹甚富。摹古功力很深，笔法非凡，擅长山水。与王时敏、王翚、王原祁、恽寿平、吴历齐名，并称“四王吴恽”或“清初六家”，为画坛宗主。此册十开，描绘春夏秋冬四季景致。这里所选《吾谷丹枫》一开。图绘群山连绵，山上枫叶如火。山脚下有数间民房，一条小路通往各处。山谷中一条小溪，碧波荡漾，板桥卧波，意境明远，造景清朗。构图上实中求虚，虚中求实，繁而不乱，简而不俗。用笔劲爽多变化，着墨先以淡墨铺垫，再用浓墨点醒。

枸杞

和郭使君题枸杞[1]

白居易

山阳太守政严明[2]，吏静人安无犬惊。
不知灵药根成狗[3]，怪得时闻吠夜声。

【难点疏通】

①枸杞：落叶小灌木，叶子披针形，花淡紫色，浆果卵圆形，红色，嫩茎、叶可做蔬菜，果实根皮可入药。 ②山阳：县名，在今河南焦作市东南。 ③灵药根成狗：据《续神仙传》："朱孺子嘉，安国人，幼事道士王元真，居大箬岩，常登山岭采黄精服饵。一日就溪濯蔬，忽见岸侧有二小花犬相趁。孺子异之，乃寻逐入枸杞丛下。归语，元真讶之，遂与孺子俱往伺之。复见二犬戏跃。逼之，又入枸杞下。元真与孺子共寻掘，乃得二枸杞，根形状如花犬，坚若石，洗挈归煮食之，俄顷而孺子忽飞升在前峰上。元真惊异久之。孺子谢别元真，升云而去。"

【诗义解说】

山阳太守的政事管理很是严明，官吏安安静静犬也不叫不惊。不知道灵药的根变成了花狗，难怪时时听到夜里的狗叫声。

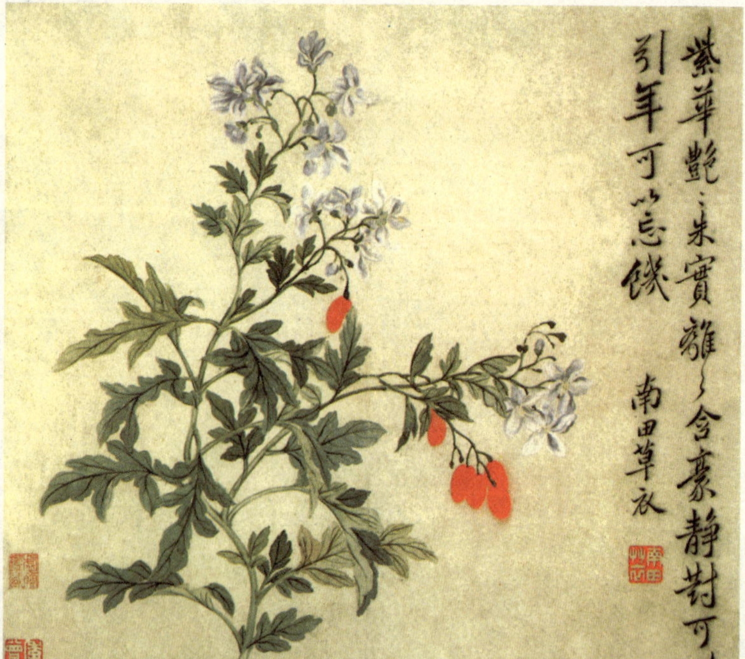

清·恽寿平《山水花卉图·枸杞》

图上绘枸杞一枝，树枝纤细，弯曲而上，叶子浓绿，枝头紫色花朵正在盛开，枝上几粒红色枸杞十分醒目。作者以明秀的块面、窈窕的线条、清丽的用色、平整的构图，表现出了超群的创意。

栗

宿山寺

项斯

栗叶重重复翠微[①]，黄昏溪上语人稀。
月明古寺客初到，风度闲门僧未归[②]。
山果经霜多自落，水萤穿竹不停飞[③]。
中宵能得几时睡[④]，又被钟声催著衣。

【难点疏通】

①栗：落叶乔木，叶子长圆形，花黄白色，果实为坚果，包在多刺的壳斗内，成熟时壳斗裂开而散出，果实可以吃。翠微：形容水光山色青翠缥缈。 ②风度：风吹过。闲门：少有人走的门。 ③水萤：一种常在水上飞的萤火虫。 ④中宵：半夜。

【诗义解说】

栗树的叶子重重叠叠一片翠绿，黄昏的时候小溪上说话声开始稀微。明月当空古老的寺庙里客人刚到，风吹过少有人走的门老僧还未曾回。山里的果子经霜之后大多都自己坠落，水萤穿过竹林不停地飞。已经到了半夜什么时候才能入睡？又被钟声催着赶紧起来穿衣叠被。

清·徐冈《秋晓翠羽图》

徐冈，生卒年不详，字九成，号瓶山，钱塘（今杭州）人。家贫以鬻画养母，至老不娶。画山水、人物、花鸟无不工，尤擅花鸟。河边一拳怪石挺立，水中有荷叶片片，石旁一栗树高耸，叶子已经稀疏，几只成熟的果实挂在枝头。高枝上一只漂亮的长尾小鸟正对着下面枝上的三只小鸟鸣叫，而下面的小鸟也正抬头望着上面那只，中间的枝条上还落着一只昆虫。构图精细，刻画深入，质感很强。

菩提树

寄题天台国清寺齐梁体[1]

皮日休

十里松门国清路，饭猿台上菩提树[2]。
怪来烟雨落晴天，元是海风吹瀑布[3]。

【难点疏通】

①天台国清寺：坐落在浙江天台山南麓，距天台县城约三公里，是中国佛教天台宗的祖庭，也是日本佛教天台宗的祖庭。齐梁体：流行于南朝齐和梁的一种诗体，讲究音律对偶，词藻艳丽。 ②菩提树：一种常绿乔木，叶卵圆形，前端细长，花托略作球形，花隐藏在花托之内，果实扁圆形，原产印度，大约与佛教同时传入我国，相传释迦牟尼就降生在此树下。 ③元是：原来是。

【诗义解说】

通往国清寺的十里长路两侧松树成荫，喂猿猴的台子上长着菩提树。奇怪的是大晴天却下起了小雨，原来是海风把瀑布上的水吹来此处。

清·罗聘《罗汉图》

图上一棵巨大的菩提树枝繁叶茂，树下有一平台，平台上菩提树叶铺地，上坐一罗汉，手执法尘，正俯视下方。台下有一小童正在推磨制药，表情十分专注。此图设色淡雅，用笔工细，十分精妙。

棘

门前路

陆龟蒙

门前向城路[①]，一直复一曲[②]。
曲去日中还，直行日暮宿。
何必日中还，曲途荆棘间[③]。

【难点疏通】

①向城路：去城里的路。 ②复：又。 ③荆：灌木或小乔木，种类很多，多丛生，掌状复叶，花紫色，果实球形，黑色。棘：即酸枣树，落叶乔木或灌木，枝上有刺，果实较枣小，味酸，核仁可入药，有健胃、安眠等作用。

【诗义解说】

门前有一条通往城里的道路，一段很直一段又很弯曲。路曲的地方白天就得走回来，路直的地方天黑了就在那里住宿。为什么弯曲的地方要在白天归还，因为弯曲的路上长满了荆棘。

宋·马麟《暮雪寒禽图》

此图右密左疏，树干、山石、小鸟等都集中在右侧。三枝酸枣枝曲曲弯弯向左伸出，枝上还残留着几粒酸枣，一只山鸟蜷缩在山石之下。画面给人一种萧瑟、冷峭之感。酸枣枝用墨笔，竹叶用双勾，用笔有力，意境幽远。

汉中

胡曾

荆棘苍苍汉水湄[①]，将坛烟草覆余基[②]。
适来投石空江上[③]，犹似龙颜纳谏时[④]。

【难点疏通】

①湄：水边。 ②将坛：汉刘邦拜韩信处，在今陕西汉中。余基：残留的基础。 ③适来：刚才。空江：空阔的江面上。 ④犹似：就好像。龙颜：皇帝的脸色，这里指刘邦。纳谏：指刘邦采纳萧何的意见，拜韩信为大将。后两句是说，刘邦善于听取别人的意见，就像江水一样从善如流。

【诗义解说】

茂盛的荆棘长满了汉水之滨，当年的拜将台已被野草覆盖只能看到残留的地基。刚才投块石头在空阔的江上，就好像从善如流的皇帝把别人的意见听取。

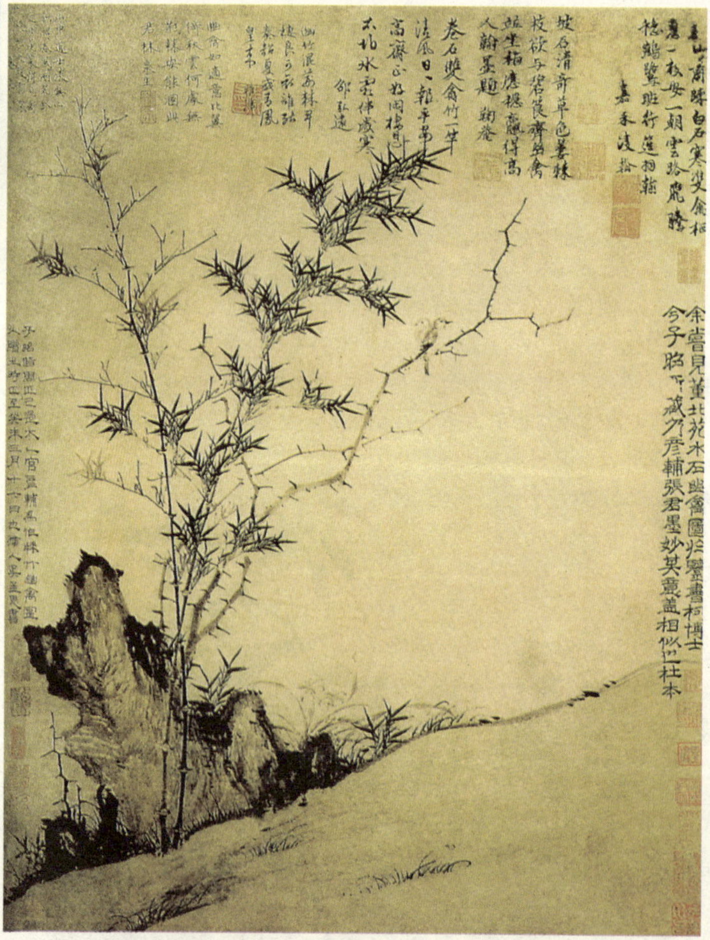

元·张彦辅《棘竹幽禽图》

张彦辅，生卒年不详，蒙古族人，居大都，后出家为太一道士。工山水，亦能画马。图绘秀石一块，玲珑有致。修竹两竿，依石而生，挺拔劲爽。石后棘枝屈曲而出，枝条上还栖息着两只小鸟。此图写意与工笔相结合，石用笔直皴，再用水墨略染；竹用浓墨，棘用淡墨，有机地把二者区别开来。整幅作品构图疏朗，格调清新。

林檎

水林檎花[1]

郑谷

一露一朝新[2]，帘栊晓景分[3]。
艳和蜂蝶动，香带管弦闻。
笑拟春无力[4]，妆浓酒渐醺[5]。
直疑风起夜，飞去替行云。

【难点疏通】

①林檎：植物名，又名花红、沙果，落叶乔木，叶卵形或椭圆形，花淡红色，果实卵形或近球形，黄绿色带微红，是常见的水果。李时珍《本草纲目》：“林檎，即柰（苹果）之小而圆者，其类有金林檎、红林檎、水林檎、蜜林檎、黑林檎，皆以色味立名。” ②一露：一次露水。 ③帘栊：泛指门窗上的帘子。 ④笑：花开。拟：好像。春无力：春风柔弱。 ⑤妆浓：花开得艳丽。酒渐醺：像喝醉了酒一样鲜红。

【诗义解说】

早晨一遍露水花就变了一个新样，卷起门帘清晨的景色显得十分鲜明。鲜艳的花朵随蜜蜂和蝴蝶的飞行而摆动，随着音乐的声音带来了香气阵阵。花儿张开笑脸就像无力的春风，又像喝醉了酒一样格外鲜红。一直怀疑昨夜一阵风儿吹来，飞上天去代替了飘动的彩云。

南宋·林椿《果熟来禽图》

画家选取林檎果的一枝写秋景。沉甸甸的果实早已熟透，任由虫儿噬蚀。一只小鸟蓦然飞上枝头，转颈回眸，振翅欲飞，打破了空间的宁静。作者以活泼的形式突出表现了枝叶、果实的色彩和禽鸟的情态，美轮美奂，令人赏心。小鸟的动态用细劲柔和的笔致勾勒，蓬松的羽毛则以浑融的墨色晕染，木叶的枯萎、残损、锈斑，果子上被虫儿叮咬的痕迹都被一一描绘出来。在构图上删繁就简，明洁奇巧，既保持了写实精神，又表现出作者蕴藉空灵的审美追求。

葡萄

凉州词[①]

王翰

葡萄美酒夜光杯[②]，欲饮琵琶马上催[③]。
醉卧沙场君莫笑[④]，古来征战几人回。

【难点疏通】

①凉州词：凉州歌的唱词，属宫调曲，开元年间西凉府都督郭知运进献。凉州，今甘肃武威。 ②夜光杯：据《海内十洲记·凤麟洲》："周穆王时，西国献昆五割玉刀，及夜光常满杯，刀长一尺，杯受三升，刀切玉如切泥，杯是白玉之精，光明夜照。" ③琵琶：一种弦乐器，用木料制成，有四根弦，下部为瓜子形的盘，上部为长柄，柄端弯曲。催：催饮。 ④沙场：战场。

【诗义解说】

宴会上摆着葡萄美酒还有夜光杯，正想喝的时候琵琶奏起催着上马出征。喝醉酒卧在战场上请您不要笑我，自古以来出外征战有几个人走上归程。

清·恽寿平《草龙珠帐图》

一株茂盛的葡萄架顶天立地，树干虬曲如龙，叶子郁郁葱葱，葡萄如串串紫水晶悬在枝头。工细的笔法绘出了树干的纹理、叶子的脉络与嫩须的飘逸。

葡萄

唐彦谦

金谷风露凉[①]，绿珠醉初醒[②]。
珠帐夜不收[③]，月明堕清影。

【难点疏通】

①金谷：即金谷园，西晋石崇所建，故址在今洛阳西北。园随地势高低筑台凿池，清溪萦回，水声潺潺，周围几十里内，楼榭亭阁，高下错落。 ②绿珠：石崇的妾，长得倾国倾城，赵王伦叛乱，赵王的党羽孙秀派人来取绿珠，绿珠跳楼而死。这两句是借金谷指葡萄生长的山谷，绿珠指珍珠一样绿色的葡萄。醉初醒：刚刚成熟。 ③珠帐：饰有珍珠的帷帐。

【诗义解说】

金谷园中吹来一阵秋风露水也有些清凉，绿珠一样的葡萄像喝醉酒后刚刚睡醒。镶嵌珍珠的帷帐夜晚没有收起，明亮的月色洒下一片清冷的光影。

南宋·林椿《葡萄草虫图》

图绘葡萄累累垂挂，蜻蜓、螳螂、蝈蝈、椿象伏于藤蔓绿叶间，抒写了一幅生机盎然的田园美景。昆虫以双勾填彩法绘制，用线刚柔相济，既准确地勾勒出秋虫或动或静的各种体态和神情，又将昆虫翅膀的轻薄与外壳的坚硬等不同的质感表露无遗，显示出作者敏锐的观察力和精于细节表现的绘画功底。在色彩上，敷色轻淡，葡萄藤的藤尖点染红色以示其新生初发之嫩，叶子的边缘略以褐色渲染，表明叶片饱经浓霜重露。

诗

捧剑仆

青鸟衔葡萄①，飞上金井栏②。
美人恐惊去，不敢卷帘看。

【难点疏通】

①青鸟：神话传说中为西王母取食传信的神鸟。《山海经·西山经》："又西十里，曰三危山，三青鸟居之。"郭璞注："三青鸟，主为西王母取食者，别自栖于此山也。" ②金井：井栏上有雕饰的井，一般用以指宫庭园林里的井。

【诗义解说】

一只青鸟衔着一串紫色的葡萄，飞上了庭院里金井边的围栏。美人担心鸟儿受惊飞走，不敢卷起门帘观看。

明·金湜《葡萄图》

金湜，生卒年不详，字本清，号朽木居士，又号太瘦生，鄞（今浙江宁波）人。篆、隶、行、草皆精，又善摹印篆，绘竹石甚佳。此图所绘葡萄十分鲜活，藤蔓自右向左、从上而下蜿蜒伸展。作者采用飞白法，呈现出一种动态之美。卷须顺势连带，灵动而富有天趣。布局参差错落，墨色浓淡相间。晶莹剔透的果实点缀于枝叶间，让人似乎能够嗅到一股诱人的葡萄成熟的味道。

荔枝

荔枝 戴叔伦

红颗真珠诚可爱①，
白须太守亦何痴。
十年结子知谁在②，
自向中庭种荔枝。

【难点疏通】

①红颗：指红色的荔枝。真珠：珍珠。这里指荔枝白色的果肉。诚：确实。 ②结子：结果实。

【诗义解说】

红色的果实珍珠一样的果肉实在是可爱，头发斑白的太守也真的有些痴迷。荔枝十年才能结出果实到那时还有谁在，可他仍然亲自在庭院里移栽种植。

南宋·佚名

《荔枝图》

画面上的荔枝都已成熟，颜色由浅白逐渐变红，有的隐于绿叶之中，有的沐浴在阳光之下，晶莹欲滴，表面龟纹细密，清晰可见。此画重在刻画果实，采用敷粉晕色为主，质感强烈，活生生的荔枝就好像悬在我们面前。

过华清宫绝句[①] 杜牧

长安回望绣成堆[②]，
山顶千门次第开[③]。
一骑红尘妃子笑[④]，
无人知是荔枝来[⑤]。

【难点疏通】

①华清宫：唐代离宫，以温泉汤池著称，在今陕西省临潼县骊山北麓，唐贞观十八年（644）太宗皇帝诏令在此造殿，赐名汤泉宫，天宝六年（747）改名华清宫。 ②绣成堆：秀丽的景色聚集在一起。 ③次第开：一个接一个打开。 ④红尘：红色的尘土。妃子：指杨贵妃。 ⑤“无人”句：据《新唐书·杨贵妃传》：“妃嗜荔支（枝），必欲生致之，乃置骑传送，走数千里，味未变，已至京师。”

【诗义解说】

从长安往回望去锦绣的景色聚集在一起，山顶上的宫门一个接一个地打开。红尘中一匹马飞奔而来妃子露出了笑容，没有人知道那是专为送荔枝而来。

清·华嵒《荔枝天牛图》

图的右下角一块玲珑的湖石突兀而立，石下杂草丛生，上方垂下几条树枝，几颗成熟的荔枝挂于枝头，十分耀眼。天牛和甲虫正在享受着美味，贪婪之状跃然纸上。此图采用工笔和没骨法，虫画得十分精细，湖石用水墨渲染，气势豪放，叶用浓墨，果用彩色，构图上下呼应，设色明丽。

荔枝

韩偓

巧裁霞片裹神浆①，崖蜜天然有异香②。
应是仙人金掌露③，结成冰入蒨罗囊④。

【难点疏通】

①霞片：指包在荔枝果肉外面的壳。神浆：指荔枝的汁。 ②崖蜜：山崖间野蜂所酿的蜜，又称石蜜、岩蜜，色青，有微酸。 ③仙人金掌露：汉武帝为求仙，在建章宫神明台上造铜仙人，伸掌捧铜盘玉杯子，以承接天上的仙露。 ④冰：指荔枝晶莹的果肉。蒨(qiàn)罗囊：用红色绸缎做的口袋，这里指包在荔枝肉外面的一层薄膜。蒨，通“茜”。

【诗义解说】

巧妙地裁下一片彩霞裹在神奇汁液的外面，像天然崖蜜一样有着特殊的芳香。应该是仙人金掌里面的露水，凝结成晶莹的冰块装入了红绸罗囊。

清·罗聘《荔枝图》

图绘一株巨大的荔枝树，树干苍劲，枝叶茂盛，硕果累累。紫红色的荔枝掩映在浓密的叶子里，平添无限视觉效果。树叶用浓淡不同的墨色表现其老嫩向背，并用细笔勾出叶脉，一种丰收在望的景象让人赏心悦目。

枇杷

赴嘉州过城固县寻永安超禅师房[1]

岑参

满寺枇杷冬著花[2]，老僧相见具袈裟[3]。
汉王城北雪初霁[4]，韩信台西日欲斜[5]。
门外不须催五马[6]，林中且听演三车[7]。
岂料巴川多胜事[8]，为君书此报京华。

【难点疏通】

①嘉州：唐州名，治所在今四川省乐山市。城固县：唐属梁州，其地在今陕西省城固县西北。 ②枇杷：常绿小乔木，高可达十米，叶长圆形，开白色小花，冬天开花夏天成熟，果实球形或椭圆形，味道甜美，可生食，亦可制罐头，叶可入药。 ③袈裟：和尚披在外面的法衣，一般在重要场合才穿。 ④汉王城：据《方舆汇编·职方典》记载，城固县东十里有“汉王城”。汉王，指刘邦。 ⑤韩信台：公元前206年，刘邦在南郑筑坛拜韩信为大将。坛在南郑城南。一说城固有韩信台。 ⑥五马：汉太守出行时乘五马驾的车。这里作者指自己所乘的车。 ⑦演三车：指演说佛法。三车，佛教指牛车、鹿车和羊车，比喻佛教中的大、中、小三乘。 ⑧巴川：指陕西、四川两省交界一带。

【诗义解说】

满寺院的枇杷冬天还有些残花，与老僧相见老僧穿上了袈裟。汉王城北的雪刚刚放晴，韩信台西的太阳快要落到山下。门外不要催赶紧上车，我正在林中聆听演说佛法。哪里料到巴川一带会有这么多的胜景，我要为您写一首诗报告给京华的朋友人家。

清·虚谷《枇杷图》

图绘一丛枇杷，枝繁叶茂，果实累累。果实橘黄，叶子浓绿，颜色搭配合理。构图顶天立地，气贯长虹。笔墨用侧锋逆转，淡彩焦墨，丰收景象尽现眼前。

题枇杷树

羊士谔

珍树寒始花①，氛氲九秋月②。
佳期若有待，芳意常无绝③。
袅袅碧海风，濛濛绿枝雪④。
急景自馀妍⑤，春禽幸流悦⑥。

【难点疏通】

①珍树：枇杷树的美称。 ②氛氲：长得茂盛。 ③芳意：美好的情意。 ④绿枝雪：指枇杷开的白色花朵。 ⑤急景：急驰的日光。 ⑥流悦：流出欢快的样子。

【诗义解说】

珍贵的树木到了寒冷的时候才开始开花，在秋天九月就长得十分茂盛。美好的期限若是可以等待，美好的情意就会永远伴随着您。从蓝色的大海上吹来柔柔的风，绿树枝头上覆盖着一层白雪朦朦胧胧。急驰的日光自然会留下美好的时刻，春天的鸟儿高兴得唱起欢快的歌声。

南宋·佚名《枇杷山鸟图》

图上一只漂亮的小鸟立在枇杷枝上，枇杷的叶子很大，可以看到有虫蚀的孔洞。叶脉清晰可见，损坏处着色自然真实。枝端的果实色泽鲜明，肥嫩诱人。小鸟玲珑可爱，眼睛特别有神，正盯着果上的一只蚂蚁，跃跃欲试，情趣无限。作品描绘细致，小如针尖的蚂蚁也纤毫毕现，堪称佳品。

山枇杷

白居易

深山老去惜年华①，况对东溪野枇杷。
火树风来翻绛焰②，琼枝日出晒红纱③。
回看桃李都无色，映得芙蓉不是花。
争奈结根深石底④，无因移得到人家。

【难点疏通】

①惜：珍惜。年华：年岁。 ②火树：指枇杷树，花开如火。绛焰：红色的火焰，这里指枇杷开的花。 ③琼枝：玉树枝，这里指枇杷树枝。 ④结根：生根。

【诗义解说】

在深山一天天老去更加珍惜年华，况且还有东溪的一株野枇杷。火一样的大树风一吹来就像翻动着红色的火焰，玉一样的树枝待太阳出来宛如晾晒的红纱。回头再看桃花与李花都已没有颜色，映衬得芙蓉也已经不再是花。怎奈它把根扎在深深的岩石底下，没有办法把它移植回家。

明·沈周《卧游图·枇杷》

沈周的《卧游图》共十九开，可分两部分，一为花草，一为山水，这里选的是花鸟中的一幅。图绘枇杷一枝，叶子大而茂盛，果实饱满，虽然构图简单，但丰收之景如在目前。此图用笔洗练放逸，生动传神。

樱桃

和裴仆射看樱桃花[①] 张籍

昨日南园新雨后，樱桃花发旧枝柯[②]。
天明不待人同看，绕树重重履迹多[③]。

【难点疏通】

①仆射：古代官职名，秦始置，汉以后延续下来；汉成帝时置尚书五人，一人为仆射，位仅次尚书令；献帝时置左右仆射；唐宋时左右仆射为宰相之职；宋以后废。樱桃：落叶乔木，产于我国各地，花白色而略带红晕，春日先于叶开放，果实多为红色，味甜或带酸，核可入药。 ②柯：枝条。 ③履迹：脚印。

【诗义解说】

昨天南边的园子一场新雨过后，樱桃花就从旧枝条上开出了红英。天刚亮还没等约人一同来看，就看到绕着树下有许许多多的脚印。

明·蓝瑛《樱桃小鸟图》

蓝瑛（1585～1664），字田叔，号蝶叟，晚号石头陀、山公、号东郭老农等，钱塘（今浙江杭州）人。浙派后期代表画家之一。工书善画，长于山水、花鸟、梅竹，尤以山水著名。图上樱桃树老干苍劲，叶上可看到虫蛀的斑痕，叶脉清晰可见，果实累累，鲜红可爱。一只小鸟站在枝头，翅膀翘起，俯身向下转首，目光紧盯着樱桃，专注的样子十分可爱。作品用笔工细，设色古朴，构图新颖别致。

折枝花赠行　元稹

樱桃花下送君时，
一寸春心逐折枝①。
别后相思最多处，
千株万片绕林垂②。

【难点疏通】

①春心：春景所引发的意兴或情怀。　②垂：边。

【诗义解说】

樱桃花下送您走的时候，我的心情跟着折下的那束花枝走远。分别以后思念最多的地方，就是那千株樱桃盛开的林边。

清·恽寿平《花卉册·樱桃》

图上鲜红的樱桃特别抢人目光，仿佛那甘甜的汁液就要流出来一样，令人垂涎欲滴。枝上的叶片疏疏落落，色泽逐渐变淡，还可看到虫蚀的痕迹，更显出果实的成熟诱人。叶片不多，但颜色各异，有深有浅，枝干、叶子、果实颜色搭配自然合理。

杨梅

裴司士员司户见寻① 孟浩然

府僚能枉驾②，家醖复新开③。
落日池上酌，清风松下来。
厨人具鸡黍④，稚子摘杨梅⑤。
谁道山公醉，犹能骑马回⑥。

【难点疏通】

①司士：唐代掌管河流造桥建房之事的官，县级设置。司户：唐时州级设司户参军，掌管簿籍。 ②府僚：古代府级单位设置的辅助官员。枉驾：屈尊大驾。 ③家醖：自家酿的酒。 ④鸡黍：泛指农家饭菜。 ⑤稚子：小儿。 ⑥“谁道”二句：晋时人山简，字季伦，性嗜酒，镇守襄阳，常游高阳池，每次都喝得大醉而归。

【诗义解说】

诸位官员能够屈驾到来，打开自家刚酿成的酒招待客人。太阳落山在池上摆开酒桌，松树下吹来阵阵清风。厨子们准备好了农家饭菜，小孩子摘来杨梅摆在桌中。谁说山公已经喝醉？还能够骑着马找到家门。

清·王武《时果四种图》

画面上从右至左依次为杨梅、杏、枇杷和桃子，无不鲜嫩可爱。果实用勾染、点染、没骨多种画法，色彩淡抹轻染，鲜润水灵；果叶用染叶勾筋法，笔调沉稳。图右自题诗云：“三春多好花，中夏多嘉实。虽云造化功，亦藉灌溉力。美恶种固殊，勤惰于焉测。勤为万事基，惰乃一身贼。树艺各有时，先后不可忒。而况身与心，操存敢少息。”

橘

感遇

张九龄

江南有丹橘，经冬犹绿林。
岂伊地气暖①，自有岁寒心②。
可以荐嘉客③，奈何阻重深④。
运命唯所遇，循环不可寻。
徒言树桃李⑤，此木岂无阴。

【难点疏通】

①岂伊：难道。伊，语中助词。 ②岁寒心：耐寒的本性。语出《论语·子罕》：“岁寒，然后知松柏之后凋也。” ③荐：推荐。嘉客：贵客。 ④重深：重指重叠的山岭，深指江河。 ⑤徒言：空话。树：栽种。

【诗义解说】

江南有一种红色的橘子，经过一冬叶子还是绿意浓浓。哪里是因为地下有一股暖气，而是因为它自有耐寒的本性。可以把它推荐给尊贵的客人，无奈山一重水一重阻隔深深。就看你遭遇到什么命运，循环往复难以找到根本。何必徒然地说些栽种桃李的话，难道说这种树木没有树荫？

南宋·马麟

《橘绿图》

图上绘橘子数枚，穿插错落，从右向左下斜出。画面枝繁叶茂，硕果挂满枝头，一派丰收景象。作者独具匠心地绘出了橘子已熟、半熟的不同状态。图中枝叶、果实用勾勒填色法，设色鲜丽，形神兼备。

芭蕉

巴女谣[1]

于鹄

巴女骑牛唱竹枝[2]，藕丝菱叶傍江时。
不愁日暮还家错，记得芭蕉出槿篱[3]。

【难点疏通】

①巴女：巴地女子。巴为古国名，其地主要在今重庆、鄂西一带。 ②竹枝：乐府《近代曲》之一，流行于四川东部一带的民歌。 ③芭蕉：多年生草本植物。叶长而宽大，花白色，果实跟香蕉相似，南方常栽种做观赏植物。槿：落叶灌木或小乔木，叶子卵形，掌状分裂，花朵钟形，有白、红、紫等颜色，可供观赏，茎和皮可用来造纸，花和根可入药。

【诗义解说】

巴地女子骑着牛唱着竹枝词，莲藕的丝菱角的叶都靠在了江堤。不用犯愁天黑时找不到家门，只要看见芭蕉长出槿木做的围篱。

清·袁江《山水图·蕉阴高士》

袁江，生卒年不详，字文涛，邗江（江苏扬州）人，善画界面楼台，曾供奉内廷。画艺从师仇英，山水学郭忠恕，笔法学赵伯驹、刘松年等青绿山水一脉，同时精工界画，成为“有清一代推为第一”的界画家。图绘小溪边有一块巨大的太湖石，石后是茂密的芭蕉树，郁郁葱葱。石下坐着一位高士，正目视远方，若有所思。有一人在小溪边钓鱼。整个画面宁静安详，构图大疏大密，兼工带写，生动自然。

夜雨

白居易

早蛩啼复歇[①]，残灯灭又明。
隔窗知夜雨，芭蕉先有声。

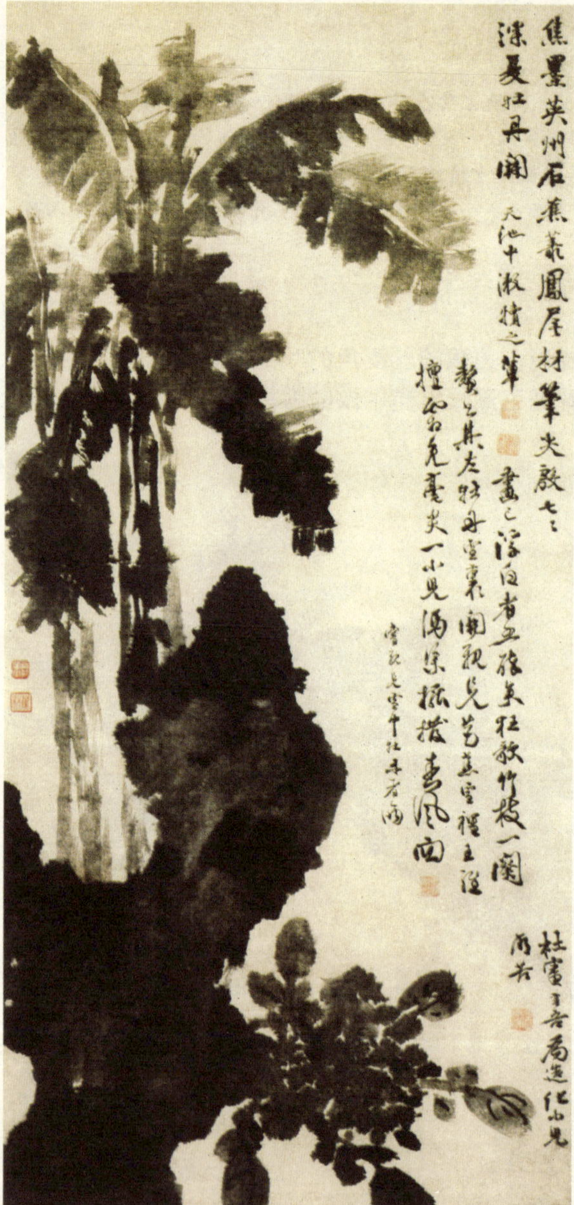

【难点疏通】

①蛩（qióng）：蟋蟀的别名。歇：停止鸣叫。

【诗义解说】

提前鸣叫的蟋蟀一会儿叫一会儿不叫，光线昏暗的灯一会儿灭了一会儿又明。隔着窗户知道夜晚下了一阵雨，因为雨点打在芭蕉上最先发出声音。

明·徐渭《蕉石牡丹图》

徐渭（1521～1593），字文长，号青藤老人、青藤道士等，文学家、书画家，山阴（今浙江绍兴）人。绘画新颖奇特，打破了花鸟画、山水画、人物画的题材界限，水墨大写意花鸟笔势狂逸，墨汁淋漓，与陈淳并称为“青藤白阳”。此图以粗笔泼墨绘出芭蕉、牡丹和湖石，芭蕉叶子肥大，遮天蔽日，郁郁葱葱；湖石则黑墨一片，形象怪异。全图不作细致刻画，全以意笔成之，水汽氤氲，墨韵无穷。

题金州西园九首·芭蕉屏 姚合

芭蕉丛丛生，月照参差影①。
数叶大如墙，作我门之屏②。
稍稍闻见稀③，耳目得安静。

【难点疏通】

①参差：杂乱的样子。 ②屏：屏风。 ③“稍稍”句：意思是说，有了芭蕉做屏风，杂乱的声音听得就越来越少了。

【诗义解说】

芭蕉一丛一丛茂盛地生长，从缝隙中撒下一些月亮散乱的光影。芭蕉的叶子像墙一样肥大，正好作我门前的屏风。渐渐地杂乱的声音听得越来越少，耳朵眼睛才得到了一些安宁。

南宋·佚名

《蕉阴击球图》

图绘一位仕女带着一名女孩站在桌旁，观看一老一小做击球行乐游戏。庭院中绿草如茵，湖石耸立，芭蕉成荫。仕女认真观球的样子和儿童击球的细小动作，都刻画得自然生动。全图用工笔重彩，衣纹勾线简练细劲，设色艳而不俗，工而不板。

柿

诣红楼院寻广宣不遇留题①

李益

柿叶翻红霜景秋②，碧天如水倚红楼。
隔窗爱竹无人问，遣向邻房觅户钩③。

【难点疏通】

①红楼院：在长安长乐坊安国寺院内。广宣：诗僧广宣，俗姓廖，四川人，元和、长庆年间，以诗供奉内廷，赐居安国寺红楼院。 ②柿：落叶乔木，叶椭圆形或长圆形，背后有绒毛，花黄白色，结浆果，扁平或圆锥形，橙黄色或淡红色，可食。翻红：变红。 ③户钩：开门的工具。

【诗义解说】

白霜降落柿叶变红一片秋天的景色，在蓝天像水一样明净的天气里我倚着红楼。隔窗看到人家院中的竹子十分喜爱可是无人打听，只好派人到邻家寻找开门的户钩。

清·李鱓《花鸟图册·事事如意》

图绘一根树枝上结着两只柿子，柿子已经变黄，显然已经成熟。旁边还有一株分岔的灵芝，绘成如意形，因取其谐音“事事如意”。构图虽然简单，但颜色搭配合理，用笔奔放苍劲，质感很强。

咏红柿子 刘禹锡

晓连星影出，
晚带日光悬。
本因遗采掇①，
翻自保天年②。

【难点疏通】

①采掇：摘取。 ②翻：反而。天年：自然之寿命。

【诗义解说】

一清早天上还有星星柿子就已看得见，晚上带着日光还悬在高高的树间。因为没有人前来采摘，反而把自己的寿命保全。

明·沈周《荔柿图》

此图绘荔枝和柿子树两枝相交，树叶正反转折有致，构图繁而不乱，疏而不空。用笔沉稳，刚柔相济，含而不露。晕染苍润，墨色层层渲染，浓淡干湿焦等笔法都恰到好处。

寄内① 白居易

条桑初绿即为别，
柿叶半红犹未归。
不如村妇知时节②，
解为田夫秋捣衣③。

【难点疏通】

①内：指妻子。 ②时节：季节。 ③解为：知道，懂得。捣衣：洗衣时用木杵在砧上捶击衣服，使之干净。

【诗义解说】

桑树刚刚泛绿我们就分了手，柿子已经半红还未回归。还不如农村妇女知道时节，懂得秋天到了要为她的丈夫准备棉衣。

清·原济《蔬果图册·柿子》

原济（1642～约1718），僧人，俗姓朱，名若极，广西全州人。字石涛，号大涤子、清湘老人等，晚年自称“苦瓜和尚”。善山水花果兰竹，尤以山水一反时人仿古之风，布局新奇，笔墨雄健纵恣，与弘仁、髡残、朱耷合称“四僧”。此图绘一树枝上结了两个柿子，用淡墨画出柿子的纹理，再用浓墨画出叶子，虽然粗放但十分传神。上有作者题诗一首：“十月传来冷不坚，去炎消暑不同天。野夫此日无烟火，共抱人间柿柿鲜。”

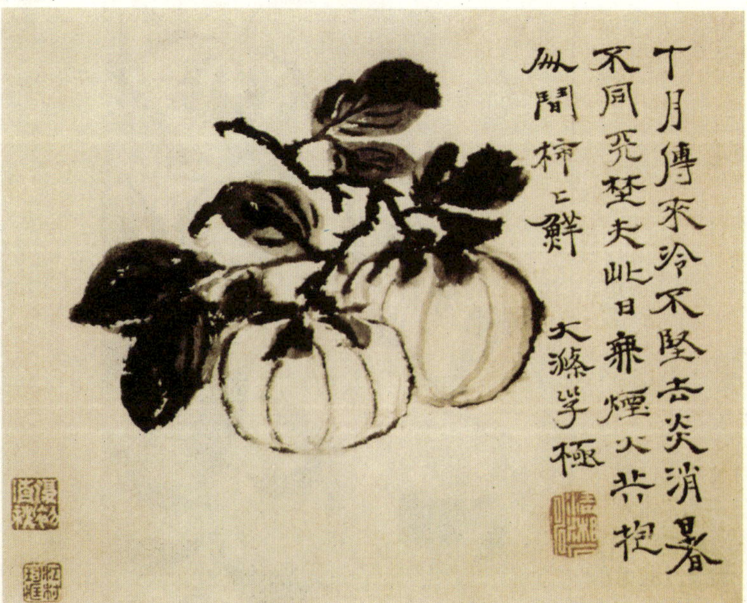

木瓜

看山木瓜花二首[①]

刘言史

裛露凝氛紫艳新[②]，千般婉娜不胜春[③]。
年年此树花开日，出尽丹阳郭里人[④]。
柔枝湿艳亚朱栏[⑤]，暂作庭芳便欲残。
深藏数片将归去，红缕金针绣取看[⑥]。

【难点疏通】

①木瓜：落叶灌木或小乔木，叶长椭圆形，春末夏初开花，红色或白色。果实长椭圆形，色黄而香，味酸涩，经蒸煮或蜜渍后供食用，也可入药。 ②裛露：湿润的露气。凝氛：积聚的云气。 ③婉娜：同“婀娜”。不胜春：承受不了大好春光。 ④丹阳：今江苏镇江。郭里：城里。 ⑤亚：通“压”。朱栏：红色的围栏。 ⑥缕：线。

【诗义解说】

湿润的露水浓浓的雾气中紫色花朵正开得鲜艳，千般婀娜似乎承受不了这大好春景。年年到了这种树开花的时节，为看花丹阳城里的人会纷纷走出家门。柔弱的枝上湿润的花朵低低地压在红色围栏，刚刚为庭院带来芬芳很快就要凋残。深深地藏起几片花瓣带回家去，用红色的丝线金子做的针绣成图样仔细观看。

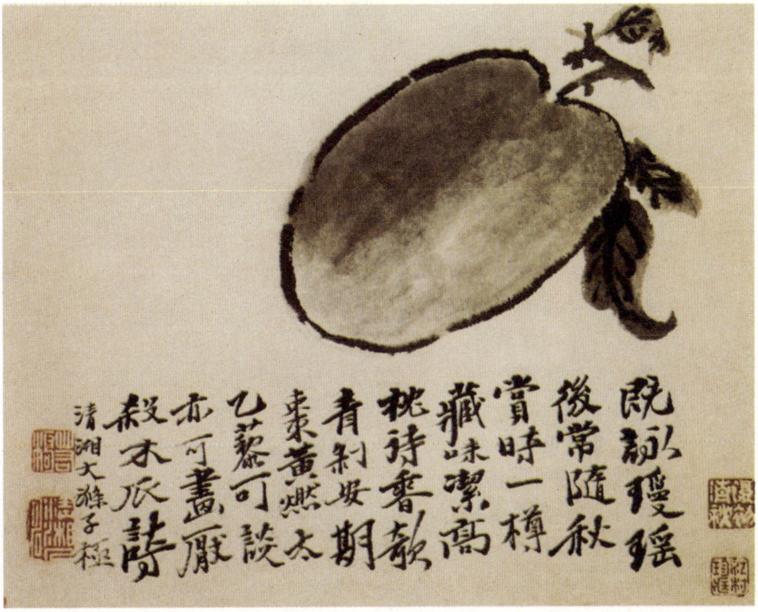

清·原济《蔬果图册·木瓜》

原济的花鸟画以恣纵粗犷别具一格，这幅木瓜就代表了他的风格。构图十分简单，只有木瓜一枚，用浓墨圈出瓜的轮廓，用淡墨涂瓜体，瓜柄上还带着几片叶子。寥寥几笔，就把浓厚的生活气息表现了出来。

蓼

寄周恽

于鹄

家在荒陂长似秋[1]，蓼花芹叶水虫幽[2]。
去年相伴寻山客，明月今宵何处游。

【难点疏通】

①荒陂：荒凉的山坡。长似秋：总像是秋天。 ②蓼：蓼科蓼属，一年生湿生植物，茎直立，分枝较多，穗状花序顶生及腋生，夏季开花，花朵较小，颜色有红有白，花蕊为米黄色。芹：一种野生水芹。

【诗义解说】

居家住在荒凉的山坡上总像到了秋天，那里长满了蓼花水芹水虫在幽暗的水里游得正欢。去年咱们相伴到山里寻找客人，今晚在皎洁的月光下到哪里游玩？

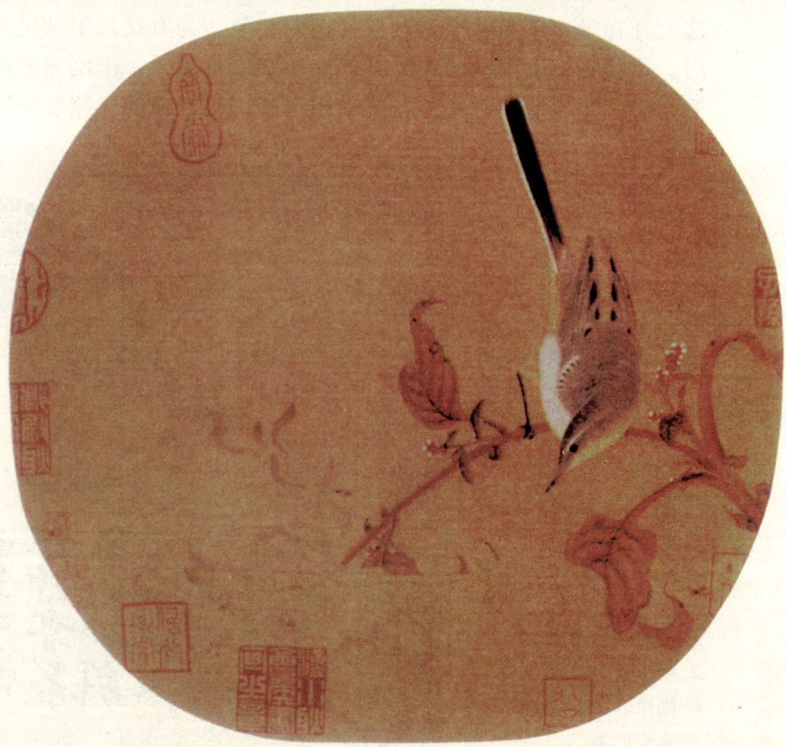

南宋·佚名《红蓼水禽图》

图中溪水清澈，一枝红蓼伸入水中，红蓼的花朵虽小，但十分醒目。一只可爱的小鸟站在枝头上，倾身俯视，水中一只虾引起了它的注意。浮藻和蓼叶在水上飘动，荡起细细的涟漪。笔法细腻，小鸟与细枝对比鲜明，鸟的刻画注重明暗，极富立体感；而虾虽寥寥数笔，却形神毕肖。

竹枝词

白居易

巴东船舫上巴西①，
波面风生雨脚齐②。
水蓼冷花红簇簇，
江蓠湿叶碧凄凄③。

【难点疏通】

①巴东：县名，治所在今湖北巴东县西北旧县。巴西：县名，治所在今四川省阆中县。②雨脚：密集落地的雨点。 ③江蓠：一种香草。

【诗义解说】

船只从巴东出发前往上游的巴西，水面上掀起层层波浪是因为下了一阵雨。水蓼在寒冷的季节里开成一片，江蓠湿润的叶了仍然 片碧绿。

清·马荃《花鸟草虫图册·红蓼》

图上一枝红蓼由左向右伸出，零零星星的几片叶子衬托出红色花穗，还有一束野菊与之相伴，打破了画面的单调。有一只蜻蜓落在花穗上，正在吸吮着花的汁液，另有一只正向花飞来，使画面顿生动感。

江行无题

钱珝

山雨夜来涨，喜鱼跳满江①。
岸沙平欲尽②，垂蓼入船窗。

【难点疏通】

①跳满江：鱼在江上乱蹦。 ②平欲尽：平整的沙滩快被水覆盖。

【诗义解说】

夜晚一场山雨江水已经上涨，高兴地看到鱼儿在江上乱蹦。岸边平整的沙滩快要被江水覆盖，下垂的蓼花伸进了船上的窗中。

清 · 吴昌硕《荷蓼图》

图绘荷花与红蓼。荷花一朵，刚刚开放，而两片荷叶则丰硕厚重，下方几株红蓼茂盛而鲜艳。荷叶用浓墨渲染，蓼花蓼叶则用细笔描绘，充分体现了作者重、拙、大的特色，力度、意趣、气局无不具备。

萱草

魏氏园林人赋一物得秋亭萱草[①] 陈子昂

昔时幽径里，荣耀杂春丛[②]。
今来玉墀上[③]，销歇畏秋风[④]。
细叶犹含绿，鲜花未吐红。
忘忧谁见赏[⑤]，空此北堂中[⑥]。

【难点疏通】

①萱草：俗称金针菜、黄花菜，多年生草本，花可入药，亦可食。古人认为种植此草可以忘忧，故又称忘忧草。 ②荣耀：花木茂盛鲜艳。 ③玉墀：白色的台阶。 ④销歇：衰败零落。 ⑤忘忧：萱草的别名。据南朝任昉《述异记》：“萱草，一名紫萱，又呼曰忘忧草，吴中书生呼为疗愁花。” ⑥北堂：即北堂萱，萱草的别名。

【诗义解说】

从前在幽深的曲径里，茂盛的花朵开在杂草树木当中。今天来到白色的台阶上，怕的是在秋风中凋零。细细的叶子还有一些绿色，花朵还没有吐出鲜红。此草本来可以忘忧可谁来欣赏？所以北堂里总是空空。

明·蓝瑛《萱石长春图》

画面上一块湖石玲珑剔透，左侧一枝萱花伸出，花大而美，极有层次感，花下还有四株待开的花骨朵。石后两朵芍药若隐若现。石用黑墨勾勒，以粗笔为主，与花朵交相辉映。用笔稍有颤动，线条柔美婀娜。

对萱草

韦应物

何人树萱草[①]，对此郡斋幽[②]。
本是忘忧物[③]，今夕重生忧。
丛疏露始滴，芳余蝶尚留。
还思杜陵圃[④]，离披风雨秋[⑤]。

【难点疏通】

①树：种植。 ②郡斋：郡守起居之处。 ③忘忧物：指萱草。 ④杜陵：地名，在今陕西省西安市东南。秦置杜县，汉宣帝筑陵于东原上，因名杜陵，为作者故里。 ⑤离披：摇荡，晃动。

【诗义解说】

什么人种植了这片萱草，正对着郡守居住的幽静窗口。这种草本来就是忘忧的东西，可今天晚上又重新生出忧愁。一丛丛萱草上的露水开始往下滴落，因为还有一丝余香所以蝴蝶还没有飞走。这时又想起在杜陵那地方我的园圃，那里的萱草正摇曳在风雨交加的深秋。

南宋·佚名《夏卉骈芳图》

画面上画有栀子、萱草、罂粟等花朵，正在竞相开放。中间两朵罂粟，一朵已开，一朵含苞待放，花瓣用胭脂晕染，然后以细笔丝出花纹；栀子和萱花分别用柔白和浅黄色轻匀淡染；叶片或用赭石，或略用藤黄、石绿，以分新老，在此之上，再勾出叶脉。全图尽显细腻精工风格，设色鲜艳和谐，构图丰满。

玩春因寄冯卫二补阙戏呈李益

卢纶

掖垣春色自天来①，
红药当阶次第开②。
萱草丛丛尔何物，
等闲穿破绿莓苔③。

【难点疏通】

①掖垣：唐代称门下、中书两省，因分别在禁中左右掖，故称。 ②红药：芍药。次第：一个接一个。 ③等闲：轻易，随便。

【诗义解说】

宫廷中的春色从天而来，芍药在台阶前一朵接一朵地盛开。一丛丛萱草你是什么物种？轻易就穿破了绿色的莓苔。

明 · 钟学《寿萱图》

钟学，生卒年不详，字雪舫，南海（今广州）人，工画兰竹石及翎毛。此是一幅水墨写意图，怪石仅用粗略几笔，玲珑之气就跃然纸上。石下有野草数株，萱花一枝亭亭而立，花朵有的已经盛开，有的正在半开，有的则含苞欲放。叶用双勾，墨韵明净，深得自然神韵。

米囊花

米囊花[①]

郭震

开花空道胜于草[②]，
结实何曾济得民[③]。
却笑野田禾与黍[④]，
不闻弦管过青春。

【难点疏通】

①米囊花：罂粟花的别称，有白、紫、粉红、杏黄等颜色，故又称丽春花、锦被花，也称虞美人，其籽可食。 ②空道：交通大道。 ③济：接济，帮助。 ④禾：古代称粟为禾。粟，即现在所说的谷子。黍：北方称黄米，有黏性。

【诗义解说】

花开在大道旁远比草好看得多，结出的果实何曾对老百姓有用？可笑的是长在田野里的那些谷子黍子，从来听不到音乐就那样默默地度过一生。

南宋·佚名

《虞美人图》

图中的虞美人花大而艳丽，颜色有深红、浅紫、粉白等。全图采用没骨法，把茎叶的向阳、斜侧、背向等不同姿态表现得淋漓尽致，色泽明暗相衬，因而光感极强。花瓣用晕染和勾勒相结合，落笔轻柔匀称，富层次感而彰显贵族之气。

西归出斜谷[①]

雍陶

行过险栈出褒斜[②]，出尽平川似到家。
万里客愁今日散，马前初见米囊花。

【难点疏通】

①斜谷：即褒斜谷，指从陕西郿县到褒城间四百余里的大山谷。 ②险栈：危险的栈道。

【诗义解说】

从惊险的栈道走出了褒斜，眼前一马平川就好像到了家。在外做客的愁绪今天消散，在马的前面刚刚看到米囊花。

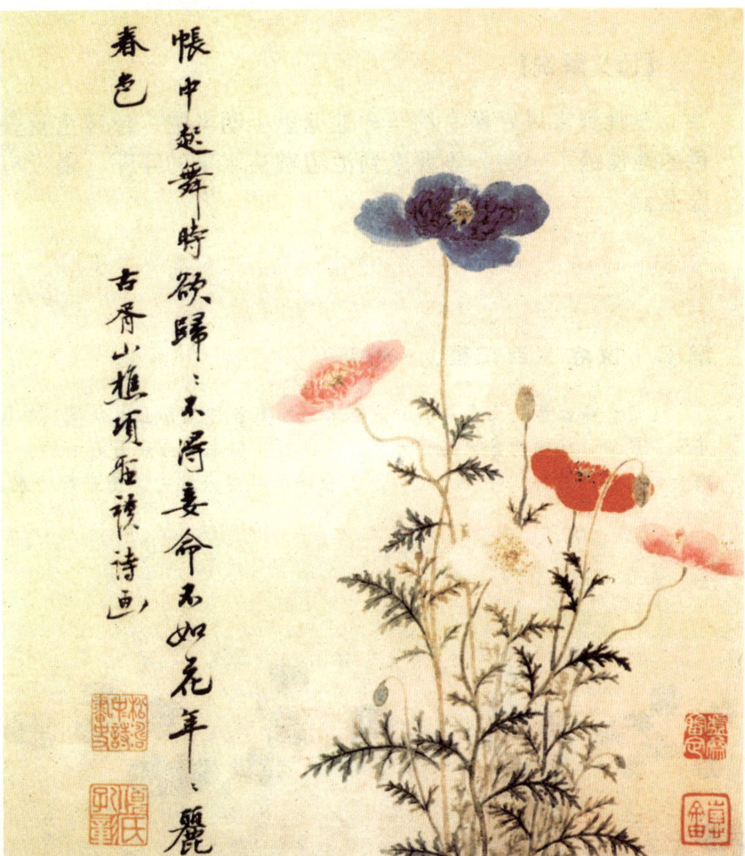

明·项圣谟《花卉册·虞美人》

图绘一束虞美人，有的直立而长，有的横向伸出，有的自上下垂，花有红、粉、黄、蓝等颜色，千姿百态，艳而不俗。此图纯用没骨法，用笔工细，花叶用浓淡不同的色调来表现其层次。

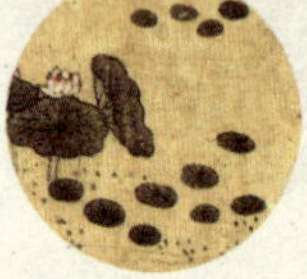

浮萍

浮 萍[1]

陆龟蒙

晚来风约半池明[2]，
重叠侵沙绿罽成[3]。
不用临池更相笑，
最无根蒂是浮名[4]。

【难点疏通】

①浮萍：浮生在水面上的一种草本植物，叶子扁平，呈椭圆形或倒卵形，表面绿色，背面紫红色，叶下生须根，开白色小花，可入药。 ②风约：风好像有约定似的。 ③罽(jì)：用毛织的毡子一类的东西。 ④根蒂：植物的根和瓜果的把儿。比喻事物的根基或基础。浮名：虚名。

【诗义解说】

夜晚到来风好像有约一样池塘里半明半暗，浮萍重重叠叠漂上沙滩像绿色的地毯铺了一层。不要来到池边嘲笑水里的浮萍，最没有根基的就是人的虚名。

南宋·佚名《百花图》(局部)

这是一幅长卷，长三百二十四厘米，绘有各种花卉五十余段，每段都用楷书标出花名并注年题诗。这幅长卷极其隽秀鲜丽，山石、树木的画法用笔细腻。这里选取的是浮萍一段。图上浮萍片片，漂在水上，游鱼在浮萍旁游来游去，使平静的水面顿生动感。

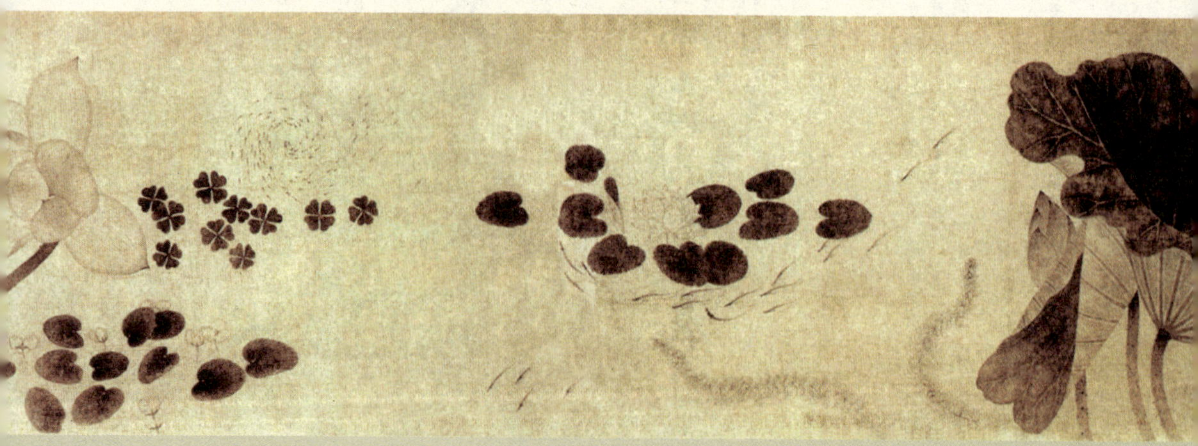

醉后　刘商

春草秋风老此身[①]，
一瓢长醉任家贫[②]。
醒来还爱浮萍草，
漂寄官河不属人[③]。

【难点疏通】

①春草秋风：指一年。　②瓢：盛酒的器具。　③官河：运河。

【诗义解说】

春天长出青草秋天寒风刮来一年年老了此身，用瓢饮酒宁肯长醉任凭家中清贫。一觉醒来还是喜欢浮萍草，漂到官河里面不属于任何人。

明·吕希文《四季花鸟图》（局部）

此图按顺序绘四季花鸟。春季岸柳如烟，春云翠峦间百鸟千花，生机盎然；夏季嘉木成荫，荷香四溢，一片葱茏；秋季万木萧瑟，残荷参差，雁凫南去，而野菊、芍药独见芳妍；冬季则雪峰高峙，古松森然，野梅凌寒而发。这里选取的是夏季荷塘一段。水上荷叶初生，数枝荷花迎风摇曳；菱叶满塘，萍叶点点，一片生机。

芦苇

晚泊牛渚[①] 刘禹锡

芦苇晚风起[②]，秋江鳞甲生[③]。
残霞忽变色，游雁有余声。
戍鼓音响绝[④]，渔家灯火明。
无人能咏史[⑤]，独自月中行。

【难点疏通】

①牛渚：今安徽省马鞍山市西南采石。 ②芦苇：多年生草本植物，生于湿地或浅水，叶子披针形，茎中空，光滑，花紫色，茎可造纸、苫房、编席等，根茎可供药用。 ③鳞甲：喻水波。 ④戍鼓：驻军的鼓声。 ⑤咏史：据《晋书·袁宏传》载，谢尚曾在牛渚听袁宏咏史。

【诗义解说】

芦苇在晚风中被吹得动荡起来，秋天的江水生起了层层波纹。天上的残霞忽然变了颜色，飞动的大雁留下了渐行渐远的声音。驻军的鼓声渐渐停了下来，只看见江上渔家的灯火荧荧。在这里再也听不到咏史的声音，只有我一个人在月中踽踽独行。

南宋·佚名《溪芦野鸭图》

图绘野鸭两只，一只栖于江边，昂首眺望远方，一只游于水中，回头梳理羽毛，神态悠闲自得。渚边芦苇点缀，还生长着一丛慈姑。笔法精工生动，韵味十足，野鸭身上的绒毛、丰富的色彩以及湖中细小的水纹都描绘得一清二楚。

早发庐江途中遇雪寄李侍御[1] 朱庆馀

芦苇声多雁满陂[2]，湿云连野见山稀[3]。
遥知将吏相逢处，半是春城贺雪归[4]。

【难点疏通】

①庐江：郡名，治所在今安徽省庐江县。 ②声多：此指在芦苇丛中传出的雁声。陂：水塘。 ③湿云：湿度很大的云，浓云。 ④半是：多半是。

【诗义解说】

芦苇丛中传来声声鸣叫大雁落了满塘，乌云连着原野远山也模糊不清。我在遥远的地方知道你们将士官吏相逢的地方，多半是在春城祝贺下雪后踏上归程。

元·吴镇《芦花寒雁图》

吴镇（1280～1354），字仲圭，号梅花道人，尝自署梅道人、梅沙弥，浙江嘉兴魏塘人。为人孤洁，工词章、绘画，善于用墨，淋漓雄厚，为元人之冠。兼工墨花，亦能写真，与黄子久、王蒙、倪瓒并称“元四大家”。图绘江南水乡平远风光。远山连绵，溪水淙淙，芦荻随风摇曳。苇塘深处，一叶扁舟漂在水上，两只大雁展翅飞向远方，打破了苇塘的宁静。船头打鱼人抬头远望，远处浩渺的水面、起伏平缓的远山，给人留下无限遐想。笔墨凝练秀逸，自然平淡，苍润华滋。

芦花

罗邺

如练如霜干复轻①，西风处处拂江城②。
长垂钓叟看不足，暂泊王孙愁亦生③。
好傍翠楼装月色，枉随红叶舞秋声④。
最宜群鹭斜阳里，闲捕纤鳞傍尔行⑤。

【难点疏通】

①练：白绢。 ②拂：吹拂。 ③王孙：指贵家子弟。 ④枉：白白地。 ⑤纤鳞：小鱼。

【诗义解说】

像白绢像霜雪既干燥又轻盈，西风遍地吹来拂动着江边小城。把钓竿长长垂到江中的钓鱼老翁看也看不足，暂时停在这里的贵家子弟忧愁也生。好好地依傍在翠楼边装点着月色，白白地随着红叶在秋风中舞动。最适宜一群群白鹭在太阳快落山的时候，悠闲地捕捉小鱼小虾伴你而行。

明·林良《芦雀图》

林良（约1416～1480），南海（今属广东）人。以花鸟画著称，绘画风格有工笔设色和水墨写意两种：工笔设色画，色彩清巧秀丽；水墨画最为著名，清远飘逸，运笔遒劲。此图绘深秋月夜芦塘一角。夜色苍茫，万籁俱寂，水边数枝芦苇错落斜出，芦叶迎风而动，一对小鸟落在枝上，恬然安适。一轮皓月当空，一层薄云掠过，愈显宁静。构图简练概括，以减笔的方法，突出了笔墨快慢干湿和晕染在绢上显出的效果，表现出不同景物的形态和质感。

松萝

山舍偶题

李九龄

门掩松萝一径深①，偶携藜杖出前林②。
谁知尽日看山坐③，万古兴亡总在心。

【难点疏通】

①松萝：也称女萝，体呈丝状，直立或悬垂，灰白色或绿色，基部多附着在松树或别树的树皮上，少数生于石上，可入药。 ②藜杖：藜为一种草本植物，其老茎可做手杖。 ③尽日：整日。

【诗义解说】

门被松萝所掩一条小路通往树林深处，有时偶然拄着藜杖走出前面的树丛。谁知道整天坐在那里看山，古往今来兴亡之事却都挂在心中。

元·王渊《松亭会友图》

王渊，生卒年不详，字若水，号澹轩。杭州人。画山水师郭熙，人物师唐人，花鸟师黄筌，以花鸟竹石最为出色，是元代和钱舜举同名的大家。临水高坡上两株高松相并而立，松枝向两侧伸展，枝上垂下条条松萝，随风飘荡。松下有一茅亭，书童们正担着书往那里走，一场文人雅士的聚会即将开始。亭子周围还有一些杂树，背景是一片水域，水上有舟船往来。图上坡石用浓重墨线勾勒，染多而皴少。

使东川·南秦雪[①]

元稹

帝城寒尽临寒食[②]，骆谷春深未有春[③]。
才见岭头云似盖，已惊岩下雪如尘。
千峰笋石千株玉[④]，万树松萝万朵银。
飞鸟不飞猿不动，青骢御史上南秦[⑤]。

【难点疏通】

①东川：郡名，治所即今云南省会泽县。南秦：县名，治所在今云南省镇雄县境内。②帝城：京城。 ③骆谷：地名，在今陕西省周至县西南，谷长二百多公里，为关中与汉中的交通要道。 ④笋石：石峰耸立如竹笋。 ⑤青骢：青色马。御史：元和四年（809）三月七日，元稹以监察御史身份出使东川。

【诗义解说】

京城寒冷天气已经过去又快到了寒食节，现在春天已经很深但骆谷却没有春。刚刚看到山岭上云朵像盖一样，吃惊的是山岩下已经雪飞如尘。千座山峰如竹笋树木如同美玉，万株树上垂下松萝如万条白银。飞鸟没有飞翔猿猴也不行动，骑着青骢马的御史到了南秦。

明·朱瞻基《万年松图》（局部）

朱瞻基（1399～1435），建元宣德，庙号宣宗，在位十年（1426～1435），自号长春真人。雅尚翰墨，尤工绘事，山水、人物、走兽、花鸟、草虫无不臻妙。此图为长卷，绘古松主干横出，虬曲多姿，挺拔粗壮，茂密的松针错落矫健，枝上松萝披拂。树干用笔沉稳厚重，皴擦并用，用细笔勾出针叶，用点苔方式绘出树的苍劲，形象逼真。

菱

田园乐

王维

采菱渡头风急①，策杖林西日斜②。
杏树坛边渔父③，桃花源里人家。

【难点疏通】

①菱：一年生草本植物，生在池沼中，根生在泥里，浮在水面的叶子呈三角形，花白色，果实的硬壳大都有角，绿色或褐色，果称菱角，肉可食。　②策杖：拄杖。　③坛：高台。渔父：钓鱼或打鱼人。

【诗义解说】

采菱的渡口一阵急风刮来，我拄着拐杖来到树林西边太阳已经西下。看到杏树下高台上有一位钓鱼的老人，那正是桃花源里与世无争的人家。

清·金农《山水图·采菱》

一片很大的水域上，菱角长得十分茂盛，数只小船有的正向菱角划去，有的已经到了菱角边开始采摘，虽然人物很小，但急切的心情则清晰可见。远处山峦起伏，为此图勾勒出一个更大的环境。用笔生拙但秀韵天成，景物寥寥却立意高妙。

看采菱

白居易

菱池如镜净无波，白点花稀青角多①。
时唱一声新水调②，谩人道是采菱歌③。

【难点疏通】

①青角：菱的果实，通称菱角。 ②水调：古时曲调名，相传隋炀帝开凿汴河后，自制《水调》曲。 ③谩：随便。道：说。

【诗义解说】

菱角池中像明镜一样平静没有波纹，菱角的白花已经稀少菱角却长出了许多。这时传来一声新谱制的水调歌曲，不懂的人却随便向人说这是采菱歌。

明·仇英《采菱图》

仇英（1498～1552），名英，字实父，一作实甫，号十洲，又号十洲仙史，太仓（今江苏太仓）人，移家吴县（今江苏苏州）。擅长画人物、山水、花鸟、楼阁界画，尤长于临摹。是明代有代表性的画家之一，与沈周、文徵明和唐寅并称为“明四家”、“吴门四家”。图上绘有几只小船，满载着穿红着绿的采菱女。此时秋阳高照，岸边垂柳迎风飞舞，有一穿红衣男子骑马而来，显然是被采菱女的笑声吸引。坡石用笔爽利老道，树的线条挺拔利落，突显了树的高大，与画水的线条刚柔相对。

宫词

王建

鱼藻宫中锁翠娥①，先皇行处不曾过。
如今池底休铺锦②，菱角鸡头积渐多③。

【难点疏通】

①鱼藻宫：唐时在禁院中开鱼藻池，池边建鱼藻宫，在当时大明宫内。翠娥：美女，这里指宫女。 ②铺锦：唐德宗生活奢靡，鱼藻池放水前，要在水底铺锦缎。 ③鸡头：即芡实，多年生水生草本植物，全株有刺，叶子圆形，像荷叶，浮在水面，花紫色，浆果球形，略像鸡头，种仁可以吃，根、花、茎、种仁可以入药。

【诗义解说】

鱼藻宫里关闭着许多美女，先朝皇帝行走的地方没有人再走过。如今鱼藻池底已不再铺展锦缎，菱角和鸡头米却越长越多。

清·黄慎《蔬果图》

黄慎（1687～1768），字恭寿、恭懋、躬懋、菊壮，号瘿瓢子，别号东海布衣，福建宁化人。工草书；画人物多取神仙故事为题材，笔姿放纵，气象雄伟；间作山水、花鸟。图上依次绘有两只莲蓬，一朝上，一朝下，随后是一节被削了皮的藕段，一片切下的藕片上，孔洞历历可见。最后是三只菱角，一只红色，两只绿色，还有一些水草点染在后面。莲蓬和菱角墨色较重，其他则墨色较淡，显出了画面上的层次感，看似不经意而为之，但却清秀淡雅，笔墨酣畅。

菖蒲

乐府体[1]

曹邺

莲子房房嫩，菖蒲叶叶齐[2]。
共结池中根，不厌池中泥。

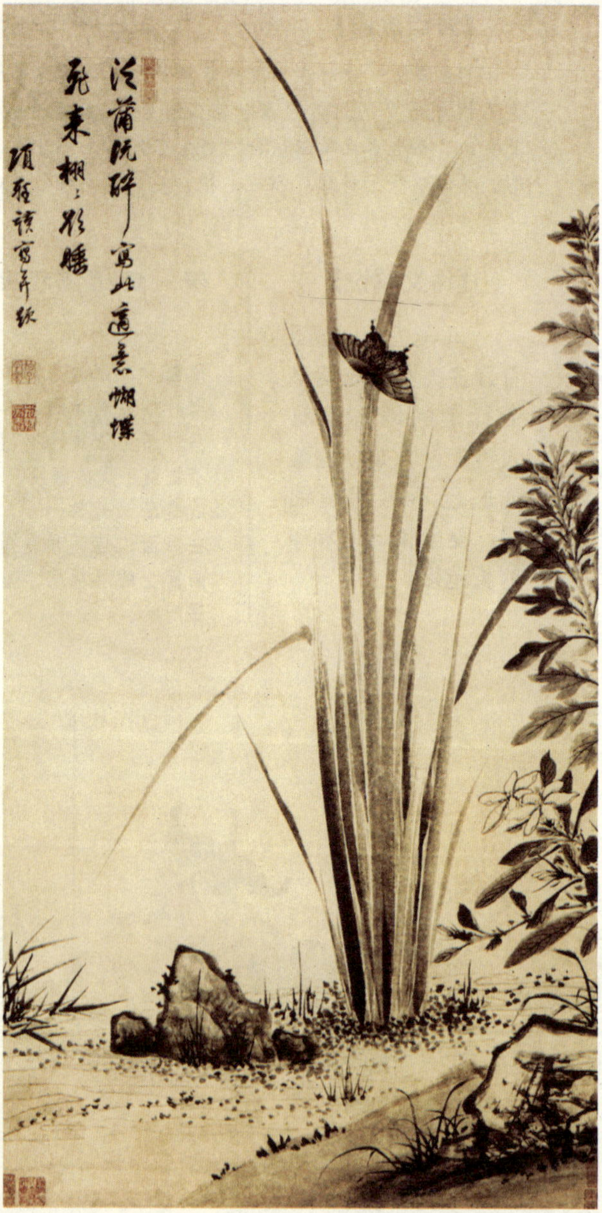

【难点疏通】

①乐府体：这里指模仿乐府民歌体裁的诗，莲子和菖蒲都是乐府民歌中常用的事物。 ②菖蒲：多年生水生草本，有香气，叶狭长，似剑形，肉穗花序圆柱形，生长在茎端，初夏开花，淡黄色，全草可提取芳香油、淀粉和纤维，根茎可入药。民间在端午节常用来和艾叶扎束，挂在门前以避邪，因此有些地方称端午节为“菖蒲节”。

【诗义解说】

每一枝莲房里的莲子都十分鲜嫩，菖蒲的叶子长得分外整齐。它们共同把根扎在水池中，从不讨厌水中的淤泥。

明·项圣谟《蒲蝶图》

图绘从水中长出的一丛菖蒲，长叶如剑，随风摇曳。叶下池中水藻浮萍或疏或密聚集在小石、菖蒲周围，岸上绿草肥茂，鲜花怒放，一片生机。一只蝴蝶展开双翅落在蒲叶之上，乍看就像一朵花。图用阔笔淡墨写出菖蒲，笔势遒劲飘逸，飞白笔法隐约可见；蝴蝶用细笔勾描，一丝不苟；岸边绿草、花叶用写意；草和菖蒲用笔简括。整幅画面简约生动，虎虎生风。

古相思

施肩吾

十访九不见，甚于菖蒲花[①]。
可怜云中月[②]，今夜堕我家[③]。

【难点疏通】

①菖蒲花：菖蒲很少开花，因此人们很少看见它开花。②可怜：可爱。③堕：落。后两句意思是说，看见了落在我家院里的月光，就好像看见了老朋友。

【诗义解说】

十次拜访九次都没有见到，比看见菖蒲开花还要难。可爱的是云中的月亮，今天晚上落在我家当院。

清·余稺《端阳景图》

余稺，生卒年不详，字南州，江苏常熟人。工花鸟、虫鱼，擅长院体画，用笔工整，设色艳丽，构思巧妙，能别出新意，写实功力深厚。图绘小溪两岸一派蓊郁的景象。小溪的左岸，一丛蜀葵十分茂盛，花正盛开。花下生长着蒲公英等杂草。有两只蟾蜍，一在蜀葵花下，一在水中，悠闲自得。小溪对岸一束菖蒲笔挺而立，菖草旁有两只蜻蜓在飞舞。此图布局疏密得当，笔法工整，严谨而不呆板，秀润滑腻之中又得其野趣。

车前子

答开州韦使君寄车前子[①] 张籍

开州午日车前子[②]，作药人皆道有神[③]。
惭愧使君怜病眼[④]，三千余里寄闲人。

【难点疏通】

①开州：治所在今四川开县。使君：汉时称太守为使君。车前子：多年生草本植物，叶子长卵形，夏季开花，淡绿色，果实纺锤形，叶和种子可以入药，有利尿、镇咳、止泻等作用。 ②午日：端午，即农历五月五日。 ③作药人：制药人。 ④惭愧：感幸之词，有多谢、难得之意。

【诗义解说】

开州端午前后的车前子，制药的人都说有神奇之功能。感谢使君您可怜我生病的眼睛，三千多里之外寄给我这个闲人。

清·王铎《枯兰复花图》(局部)

王铎（1592～1652），字觉斯，一字觉之，号十樵、嵩樵， 又号痴庵、痴仙道人，别署烟谭渔叟，孟津（今河南孟津）人。博学好古，工诗文。画山水丘壑峻伟，以晕染作气，傅以淡色，沉沉丰蕴，意趣自别。亦精花木竹石，间作兰、竹、梅、石，洒然有物外趣。亦擅书法。这是一幅十多米的长卷，图上或兰或蕙，或勾或写，灵芝和梧桐穿插对应，笔墨恣意纵横，意象恢宏高远。这里选取的是有车前子一段。图上两株车前子，颜色深绿，背后一株兰花，长叶婆娑，鲜花朵朵，形态逼真。

藻

菱荇沼[1]

薛涛

水荇斜牵绿藻浮[2]，柳丝和叶卧清流。
何时得向溪头赏，旋摘菱花旋泛舟[3]。

【难点疏通】

①荇（xìng）：多年生水生草本植物，叶对生圆形，嫩时可食，亦可入药。 ②藻：生长在水中的一种绿色植物，由单细胞或多细胞组成，没有根、茎、叶的分化，大多为水生，也有极少陆生在潮湿地方。 ③旋：一边。

【诗义解说】

水上的荇菜斜向牵连绿藻浮在水面，柳丝垂下和着叶子卧在清清水流。什么时候能在溪边赏着美景，一边摘着菱花一边泛着小舟。

清·恽寿平《山水花卉图·琳池鱼藻》

此图绘一朵桃花落在水面，一条游鱼正圆睁着眼睛向花游来，急切之情跃然纸上。近处茂密的藻类植物簇拥在一起，正在随波漂来荡去，远处水藻隐约可见。构图轻柔明秀，水墨淋漓，使整幅作品华贵而不低俗，高雅而又亲切。

青苔

山馆①

皇甫冉

山馆长寂寂，闲云朝夕来②。
空庭复何有，落日照青苔③。

【难点疏通】

①山馆：建在山里的馆舍。 ②闲云：悠然飘浮的云。 ③青苔：即苔藓，是小型的多细胞绿色植物，仅有茎和叶两部分，有的只有扁平的叶状体，没有真正的根和维管束，一般生长在裸露的石壁、潮湿的森林和沼泽地带。

【诗义解说】

山里的馆舍总是长时间地安静，从早到晚一直有浮云飘来。空旷的庭院里都有些什么，只有落山的太阳照在青苔。

清·任熊《人物山水图册·宁戚饮牛》

宁戚是战国时期人，曾在齐国郊外击牛角而歌，齐桓公知其为非平常人，将其带回宫中，委以重任，此图绘的就是这个故事。图绘伸进水中的一块陆地，岸边芦苇葱郁，宁戚坐在苇丛前，目光有神，若有所思，两头牛一卧一站，头相对，似在交谈。图中以石青点出遍地青苔，连水中石块上也长满了青苔。技法上兼工带写，用笔细腻，极富表现力。

艾

问友

白居易

种兰不种艾①，兰生艾亦生。
根荄相交长②，茎叶相附荣。
香茎与臭叶，日夜俱长大。
锄艾恐伤兰，溉兰恐滋艾③。
兰亦未能溉，艾亦未能除。
沉吟意不决④，问君合何如⑤。

【难点疏通】

①艾：多年生草本，茎叶都可以制中药，性温味苦，有祛寒除湿、止血、活血及养血等功效，叶片晒干制成艾绒，可用于灸疗。 ②根荄（gāi）：植物的根。 ③滋：滋润。 ④沉吟：深思。 ⑤合：该。

【诗义解说】

人们种植兰草不种艾草，兰草生长艾草也跟着往上冒。它们的根缠绕在一起，茎和叶也都相依附着繁茂。芳香的茎干和带有臭味的叶子，一天天一夜夜都在长高。铲锄艾草又怕伤了兰草，灌溉兰草又怕滋润了艾草。兰草不能灌溉，艾草也不能除掉。想来想去实在无法决断，问问您这事该怎么搞？

清·边寿民《花卉图卷·艾蒲》

边寿民（1684～1752），原名维祺，字寿民，更字颐公，号渐僧，又号苇间居士，江苏山阳（今淮安）人。用泼墨法创写芦雁，洒丽生动各得神趣。间画山水、花卉，别有逸致。工书法。“扬州八怪”之一。这幅长卷近六米半，绘有十多种花卉，这里选取的是艾和蒲一段。艾草向左伸展，蒲草向右舒展，二者形成了交叉。用笔饱满，造型简洁，下笔沉稳，墨色多变。上有题诗一首：“艾叶充兰佩，草蒲淬剑光。星精方闪烁，认得此芬芳。”

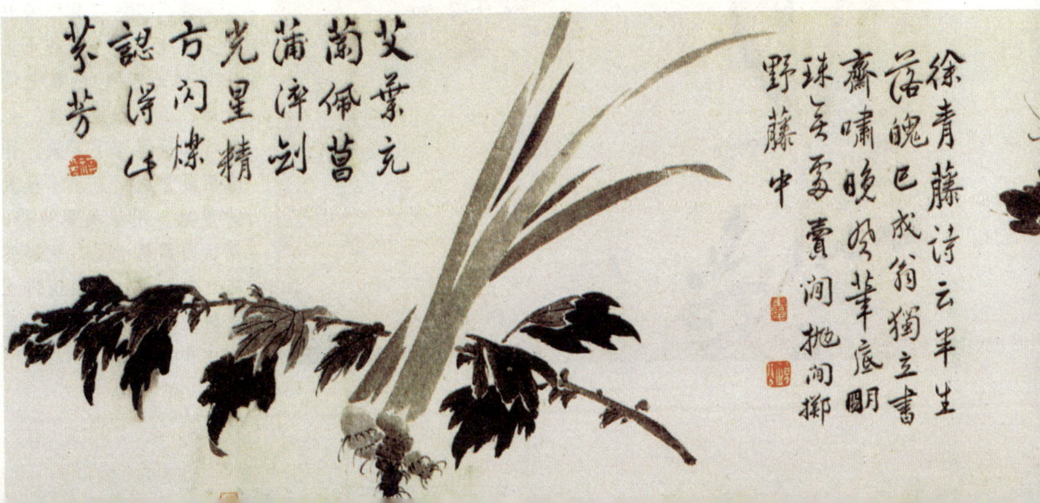

草

赋得古原草送别

白居易

离离原上草[①]，一岁一枯荣[②]。
野火烧不尽，春风吹又生。
远芳侵古道[③]，晴翠接荒城[④]。
又送王孙去[⑤]，萋萋满别情[⑥]。

【难点疏通】

①离离：野草长得又高又多的样子。 ②枯荣：枯萎和茂盛。 ③远芳：远处的野草。侵：长满。 ④晴翠：阳光照在草上反射出一片碧绿的颜色。 ⑤王孙：贵族子弟。 ⑥萋萋：草长得茂盛。

【诗义解说】

原野上的野草长得又高又多，一年一次干枯一次繁荣。野火也不能把它烧尽，春风吹来它又开始萌生。远处的野草长满了古老的道路，草色映出一片碧绿连接着荒凉的古城。又送别贵家子弟到遥远的外地，那茂盛的野草都充满了离别的深情。

明·孙隆《花鸟草虫图·草虫》

画面上的野草已开始衰败，点出了具体的时间。草叶上的一只蝗虫正在贪婪地吸吮着草上的汁液，由于蝗虫较重，把草叶都压得弯了下来。作者用没骨法，点出了秋天的荒凉。用笔随意点染，简括而意蕴十足，色彩变化自然贴切。尤其值得注意的是，作者还画出了草在水中的倒影。

芳草①

罗邺

芳草和烟暖更青②，闲门要路一时生③。
年年点检人间事④，唯有春风不世情⑤。

【难点疏通】

①诗题又作《赏春》、《春游郁然有怀赋》。 ②和烟：温暖的烟气。 ③闲门：指进出的人不多，显得冷清的门户。要路：关键的道路。 ④点检：考察。 ⑤不世情：少有的感情。

【诗义解说】

芳草在温暖的气候里显得更加青翠，在冷落的门庭与交通要道上同时而生。每年都要考察一下人间万事，只有春风才留下少有的一份深情。

清·黄慎《花鸟草虫册·草虫》

图上一枝狗尾草颀长飘逸，上有一只蝗虫正在贪婪地吸吮着草的汁液。蝗虫的腿粗壮有力，还在不断地抖动翅膀，把草茎压得弯曲下来，似乎让人感受到草的摇晃。另一只蝗虫见状也展翅飞来。此图用笔流畅，刻画逼真，具有很强的写实性。

曲江春草[1]

郑谷

花落江堤簇暖烟[2]，雨余草色远相连[3]。
香轮莫辗青青破[4]，留与愁人一醉眠。

【难点疏通】

①曲江：即曲江池，在今陕西西安东南，秦朝时为宜春苑，汉时为乐游原，有河水弯曲而流，故称曲江，唐朝开元年间加以疏凿，成为人们的游赏之地。 ②簇：聚积。 ③雨余：雨停后还有零星雨点。 ④香轮：散发香气的车轮，泛指豪华的车乘。

【诗义解说】

花儿落在江堤上江上聚满了暖暖的烟雾，一阵雨后青青的草色远远地连成一片。香轮不要辗破青青的草地，留给心有愁绪的人一醉而眠。

清·牟义《杂画册·草虫》

牟义，生平事迹不详，安徽庐江人，善画花鸟及草虫。图上纤细的野草亭亭而出，可以看出已失去了昔日的光泽。菊花正在盛开，于衰草丛中分外夺目。一只蚱蜢正在尽情地享受美餐，菊花的浓香也引来了蝴蝶。此图疏密得当，大片留白，以示秋天的萧条，而右下角的一隅却充满生机，虫趣与秋意相映成趣，细腻逼真。

豆

题韦隐居西斋

许浑

劚药去还归[1]，家人半掩扉。
山风藤子落，溪雨豆花肥。
寺远僧来少，桥危客到稀。
不闻砧杵动[2]，应解制荷衣[3]。

【难点疏通】

①劚（zhú）：挖，掘。 ②砧杵：捣衣石和棒槌。 ③应解：应该知道。荷衣：传说中用荷叶制成的衣服，多为高人隐士所穿。

【诗义解说】

上山采药时而去时而归，家里人半开着柴扉。山风吹来藤上的果实纷纷落下，雨水充足豆花也开得鲜美。离寺庙很远僧人来得很少，小桥倾危客人的踪影稀疏。听不到用杵捣衣的声音，也应该知道制作荷衣。

清·袁江《写生蔬果图·茄豆》

图绘一枝豌豆从左侧伸出，随着枝的前伸，豆荚由大变小，到顶端则只有几朵还开着的小花，让人感受到了生长的脉律。还有一枝叶柄伸向画面上方，三片叶子浓绿。下方两只茄子，一紫一白。笔墨不多便十分传神，淡雅清新。

江亭晚望

赵嘏

碧江凉冷雁来疏①，闲望江云思有余②。
秋馆池亭荷叶歇③，野人篱落豆花初④。
无愁自得仙翁术⑤，多病能忘太史书⑥。
闻说故园香稻熟，片帆归去就鲈鱼⑦。

【难点疏通】

①碧江：江水清澈。 ②思有余：思绪不断。 ③歇：枯萎。 ④野人：乡野之人。 ⑤仙翁：神仙。 ⑥太史书：指记载历史的书。太史，西周、春秋时设的官职，掌管记载历史、编写史书以及天文历法等工作。 ⑦鲈鱼：生活在近岸浅海的一种鱼，肉鲜美。

【诗义解说】

江水清清天气渐冷大雁也来得稀少，无事时望着江上白云思绪有余。秋天馆舍池塘的凉亭边荷叶已经枯萎，乡野人家篱边的豆花刚刚开出。没有忧愁就自然获得了成仙的法术，多病缠身就会忘记太史所写的书。听说家乡的谷稻已经成熟，坐着小船归去为的是吃口鲈鱼。

清·恽寿平《花卉册·扁豆》

画面上画的是一株蚕豆，叶子长得十分茂盛，上下错落，花儿张开了一半笑脸，柔嫩之态可爱至极，还有两朵花蕾正等着春风到来。这幅画采用的是没骨法，茎干用彩墨绘出，再用细笔勾出棱角。设色清淡自然，刻画细致逼真。

酬姚合

贾岛

黍穗豆苗侵古道[①]，晴原午后早秋时[②]。
故人相忆僧来说[③]，杨柳无风蝉满枝。

【难点疏通】

①黍穗：谷穗。侵：长满。古道：历史很长的道路。②晴原：晴朗的原野。③故人：老朋友。

【诗义解说】

谷穗和豆苗长满了古道，秋天刚刚到来晴朗的原野上一片清丽。老朋友相互忆念老僧也来对我说，杨柳在无风的时节蝉已落满树枝。

清·袁耀《花卉册·扁豆》

图上一株玉米伸出宽大的叶子，叶子上有一只昆虫正在尽情地吸吮着汁液。下方一株扁豆攀附在玉米上，两根已成熟的扁豆鼓胀着肚子，叶子葱郁。豆花上落着一只纺织娘，正在贪婪地享受着美味。此图运笔细腻，甚至扁豆上的茸毛都描画得一清二楚。扁豆与昆虫形神兼备，神态逼真。

自咏豆花　陈黯

玳瑁应难比①，
斑犀定不加②。
天嫌未端正，
满面与妆花。

【难点疏通】

①玳瑁：一种爬行动物，形状像龟，甲壳黄褐色，有黑斑和光泽，可做装饰品，甲片可入药。　②斑犀：雌犀牛角，因其角斑白分明，故名。

【诗义解说】

玳瑁应该是难以与蚕豆相比，雌犀牛的角也一定比不上它。可是老天仍嫌它长得不够端正，在它的面上装扮上了鲜花。

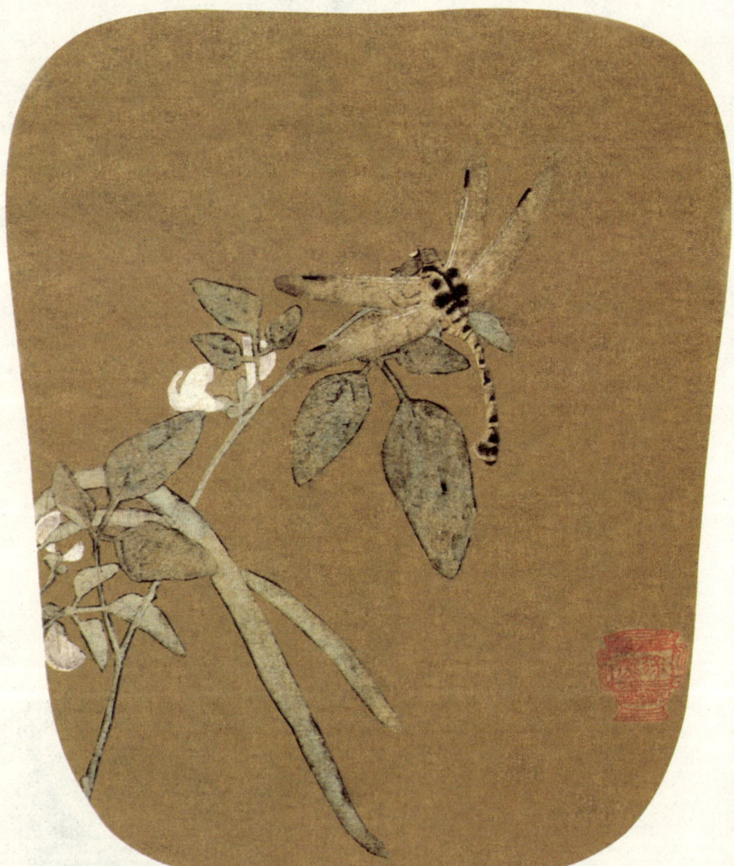

南宋·佚名《豆荚蜻蜓图》

此图绘一枝豆花，由左下向上伸出，枝上落着一只蜻蜓，压得枝叶微向下弯。构图简洁自然，疏密得当。用中锋细笔勾出花枝和豆叶的轮廓，再用花青、石绿轻染；白粉点花瓣，线条沉稳，色彩丰富，写实逼真。尤以蜻蜓画得出神入化，不但再现了蜻蜓的形态，甚至连透明的翅膀和纹络都表现得一清二楚。

冬瓜

嘲张祜①

朱冲和

白在东都元已薨②，兰台凤阁少人登③。
冬瓜堰下逢张祜④，牛屎堆边说我能。

【难点疏通】

①张祜（约785～849），字承吉，清河（今属河北）人，一作南阳（今属河南）人。举进士不第，元和间以乐府宫词著称。然后南北奔走三十年，投诗求荐，终未获官。至文宗朝始由天平军节度使推荐入京，又受到压制。会昌五年投奔池州刺史杜牧，受厚遇，而年已迟暮。后隐居于曲阿。享年七十岁。 ②白：指白居易。东都：今河南洛阳，唐时为东都。元：指元稹。薨（hōng）：古时称诸侯之死，后泛指死亡。因张祜行为不检点，嗜酒、狂妄、狎妓，先为元稹所排挤，后为白居易所压制。 ③兰台：指御史台，专司弹劾之职。凤阁：指中书省，古代起草政府文件的地方。 ④堰：田边用以分界或防水土流失的埂子。

【诗义解说】

白居易在东都元稹已经死去，御史台和中书省很少有人再去登临。在长冬瓜的田埂边碰到了张祜，在牛屎堆旁边说自己多么有本领。

清·牛石慧《冬瓜芋头图》

牛石慧（约1628～1707），南昌人，明太祖第十七子朱权后裔，八大山人朱耷之弟。明末清初画家。风格粗犷简练，字露锋芒，写花卉用墨有神，无俗气。此图上一只硕大的冬瓜用断续之笔勾勒，略加皴擦；芋头则以浓墨写出，一浓一淡，相映成趣。图上还有题诗一首：“菩萨曾有言，无刹不现身。东瓜芋头处，岂非观世音。”

瓜

黄台瓜辞[1]

李贤

种瓜黄台下，瓜熟子离离[2]。
一摘使瓜好[3]，再摘使瓜稀。
三摘犹自可，摘绝抱蔓归。

【难点疏通】

①黄台：台名，其地不详。 ②离离：多的样子。 ③“一摘”句：意谓瓜长得密，摘去一些，会使瓜长得更好。

【诗义解说】

种瓜在黄台之下，瓜熟之后子粒十分的多。摘一次会使瓜长得很好，摘两次瓜就稀少了一些。摘三次还算可以，摘光了就只好抱着瓜蔓回来。

清·袁江《写意杂画册·蔬菜》

一只硕大的丝瓜盘曲着伸展下来，瓜秧翠绿，还有一朵花正在盛开，旁边放着一只茄子，两只蘑菇。本图构思巧妙，丝瓜向左伸来，茄子向右，互相之间形成了一个平衡，而蘑菇则稳稳倒立，极富生活情趣。

寄姚司马

张说

共君春种瓜，本期清夏暑①。
瓜成人已去，失望将谁语。
裛露摘香园②，感味怀心许。
偶逢西风便，因之寄鄂渚③。

【难点疏通】

①本期：本来约定。 ②裛(yì)露：被露水沾湿。裛，通“浥”，沾湿。 ③鄂渚：相传在今湖北武昌黄鹤山上游三百步长江中，隋置鄂州，即以此得名。此应姚司马所去之地。

【诗义解说】

和您一起在春天种下一片瓜，本来希望能在夏天共同消除酷暑。可是瓜熟之后您已离去，失望的心情跟谁去倾诉？摘香园里已经落满了秋天的露水，有感于瓜味美好而怀着内心的期许。偶然间趁着西风吹来，因此把这种心情寄向遥远的鄂渚。

清·王礼《花鸟图册·苦瓜》

王礼（1813～1879），江苏吴江人。擅花鸟，劲秀洒落，笔如刻铁，隽逸之气，令人意爽。一枝瓜秧悬于空中，瓜蔓缠绕，叶子浓密。一只好看的小鸟从瓜秧下飞过，一只长成的苦瓜缀在瓜秧上。此图构图奇特，叶子的颜色从上往下渐渐变浓，到了最下端则浓绿欲滴，再加上黄色花朵的点缀，越显其艳丽夺目。布局上左密右疏，给读者留下了想象的空间。

南山下与老圃期种瓜① 孟浩然

樵牧南山近②，林闾北郭赊③。
先人留素业④，老圃作邻家。
不种千株橘，惟资五色瓜⑤。
邵平能就我⑥，开径剪蓬麻。

【难点疏通】

①老圃：种菜老农。期：约好。 ②樵牧：打柴放牧。 ③林闾：郊外乡村间的住宅。郭：外城。赊：远。 ④素业：旧的产业。 ⑤五色瓜：即东陵瓜，汉初人邵平，秦时为东陵侯，秦灭后为民，种瓜于长安东，瓜味甚美，人称“东陵瓜”。 ⑥就：靠近。

【诗义解说】

打柴放牧都靠近南山，乡下住宅在北城外较远的山边。先人留下一点旧的产业，种菜老农和我家比邻为伴。没有种植千株橘树，只是种了一片五色瓜田。邵平愿意与我接近，铲除杂草开出一条小路相互往还。

清·朱耷《瓜果草虫图》

此图由两幅作品组成，一幅为两只纺织娘落在草叶上，另一幅为两只秋瓜一只莲蓬，这里选的是后一幅。虽然构图比较简单，但十分巧妙，两只瓜用深浅不同的墨色分出前后，两瓜中间放着一只莲蓬。有趣的是莲蓬柄上还落着一只螳螂，仔细看去，深色瓜上也有一只螳螂，让人赞叹不已。

宫前早春[1] 王建

酒幔高楼一百家[2]，
宫前杨柳寺前花[3]。
内园分得温汤水[4]，
二月中旬已进瓜[5]。

【难点疏通】

①此诗题一作《华清宫》，可知“宫”即华清宫。 ②酒幔：酒幌。 ③寺：这里指官署。 ④温汤：指华清池内的温泉。据《唐会要》卷三十：“开元十一年十月五日，置温泉宫于骊山，至天宝六载十月三日，改温泉宫为华清池。” ⑤“二月”句：瓜本夏熟，瓜二月而进，是因为温泉水温度高而瓜早熟。

【诗义解说】

挂着酒幌的高楼有上百家，华清宫前长满杨柳官署门前开遍了花。园子里分来一股温泉的水，二月中旬就已有人进献甜瓜。

清·袁江《写生蔬果图册·西瓜》

图绘一只硕大的西瓜，因已经成熟而开裂，里面鲜红的瓜瓤显露出来，十分诱人。瓜皮用深浅不同的墨色，表现得十分到位。瓜柄上还有几片鲜活的叶子，说明此瓜刚摘下不久。左下角还有一片切开的莲藕，标明了瓜熟的季节。

谷

得袁相书

白居易

谷苗深处一农夫，
面黑头斑手把锄①。
何意使人犹识我②，
就田来送相公书③。

【难点疏通】

①头斑：头发斑白。 ②何意：因为什么。 ③相公：古代对官吏的泛称。书：信。

【诗义解说】

在谷苗的深处有一个农夫，面孔黑色头发斑白手里拿着一把耕锄。什么原因使人还能认识我？是因为在田间送来了相公的书。

清·郎世宁《聚瑞图》

这是一幅静物画，图绘一花瓶，瓶中插着荷花、荷叶、谷穗和莲蓬。荷花鲜艳，谷穗饱满，莲蓬充实。作者力图把中西技法结合起来：瓶画为西方传统，而“聚瑞”则是中国特色；明暗对比是西方技法，工笔则是中国绘画技法。造型逼真，设色准确。

葫芦

赠东方道士

徐夤

葫芦窗畔挂①，是物在其间。
雪色老人鬓②，桃花童子颜。
祭星秋卜日③，采药晓登山。
旧放长生鹿④，时衔瑞草还。

【难点疏通】

①葫芦：果实像重叠的两个圆球，嫩时可食，干老后可作盛器或供玩赏。 ②雪色：白色。 ③祭星：古代重要的祭祀之一，每年春天到来，天子都要出东郊设坛祭祀星辰。卜日：占卜时日的吉凶。 ④旧：以前。

【诗义解说】

葫芦挂在窗子的前面，道士用的东西都放在里边。雪白的颜色是老人的鬓发，脸若桃花就像童子的容颜。祭祀天上的星辰占卜一下秋天的日子，为采药一早就登上了高山。以前放走的一头长生鹿，时常衔着一些瑞草回来。

清·赵之谦《花卉册·葫芦》

一只硕大的葫芦垂垂而下，黄绿的颜色显得十分鲜嫩。巨大的叶片十分突出。后面还有两个红色的南瓜，使画面丰富多彩。绘图用浓墨重彩，构图别有新意，葫芦几乎占据整个画面，很有质感。

绝句　吕岩

趯倒葫芦掉却琴[①]，
倒行直上卧牛岑[②]。
水飞石上迸如雪，
立地看天坐地吟。

【难点疏通】

①趯（tì）：踢。　②卧牛岑：像卧牛一样的山峰。岑，山峰。

【诗义解说】

踢倒葫芦扔掉手里的琴，倒着一直走上卧牛样的山峰。水在石上飞溅就像喷出的雪花，时而站着看天时而坐着闲吟。

清·任颐《花鸟册·葫芦玉米》

此图描绘秋季丰收在望的情景。玉米已经咧开了嘴，露出了金黄米粒，玉米棒上的胡子丝丝可见。下方一贴在地上的葫芦已经成熟，呈金黄之色，葫芦的叶子肥大浓绿，生机仍在。还有两只昆虫向庄稼飞来，增添了画面的动感。此图构思精巧，玉米纵向取势，葫芦横向生长，渲染有度。

稻

积雨辋川庄作[①]

王维

积雨空林烟火迟[②]，蒸藜炊黍饷东菑[③]。
漠漠水田飞白鹭[④]，阴阴夏木啭黄鹂[⑤]。
山中习静观朝槿[⑥]，松下清斋折露葵[⑦]。
野老与人争席罢[⑧]，海鸥何事更相疑[⑨]。

【难点疏通】

①辋川：在蓝田县城西南约五公里的尧山间，王维曾建别墅于此。 ②积雨：久雨。烟火迟：因天阴不明，延迟了农家的早炊。 ③藜：一年生草本，叶嫩时可食。饷：送饭。菑（zī）：开垦一年的田地。这里泛指农田。④漠漠：广阔而平整。 ⑤阴阴：树林茂盛。 ⑥习静：习养寂静的心性以消除杂念。朝槿：槿为木槿，落叶乔木，夏秋之交开花，有红、紫白等色，朝开暮落，故称“朝槿”。 ⑦折：采摘。露葵：葵是一种蔬菜，霜露之时味最鲜美，故称“露葵”。 ⑧野老：王维自指。争席：争夺席位。 ⑨“海鸥”句：据《列子·黄帝》载，海边有一人与海鸥相亲，他一到，就有成群海鸥随在他的身边。其父让他捉来几只玩。他再到海边，鸥鸟只在高空飞而不下。后两句意思是说，我这个野老已不再与人争席，你们何必还要猜疑？

【诗义解说】

空林中的雨久下不停农家的早炊都已推迟，蒸熟野菜烧好米饭送给东边地里干活的人。在广阔的水田上有白鹭在飞，茂盛的树丛中黄鹂鸣叫不停。在山中习静修行看着早晨开花的木槿，在松下斋舍旁采摘霜露中的葵茎。乡野老人已经不再与人争席，海鸥何必还要疑虑丛生？

明·沈周《东庄图册·稻田》

此为沈周的代表作。东庄，在苏州葑门内，作者选取庄中几个主要景点进行描绘。原图共二十四幅，现只剩二十一幅，这里选取的是其中第十六幅。图绘稻田一片，有田埂围绕，田边有一水塘，塘里有几块石头，岸边长着丛丛野草，还有农舍掩映在柳树丛中。此图用笔细腻，稻苗株株可见，石用皴染，草用墨笔，呈现一派田野风光。

稻田 韦庄

绿波春浪满前陂①，
极目连云䆉稏肥②。
更被鹭鹚千点雪③，
破烟来入画屏飞④。

【难点疏通】

①陂：池塘湖泊。 ②䆉稏（bà yà）：稻谷。 ③鹭鹚：即鹭鸶，一种水鸟，嘴直而尖，颈长，飞翔时缩着颈，因其头顶、胸、肩、背部都有长毛如丝，故称。 ④画屏：指稻田美丽如画。

【诗义解说】

春天满眼都是绿色的波涛浪花，极目望去一片庄稼长得十分肥壮。还有鹭鸶那千点白雪，冲破雾气进入画屏中来飞翔。

清·任颐《花鸟册·稻田》

此图尽显稻田之趣。稻田里浅水莹莹，水稻已经成熟，几只蚱蜢落在稻秧之上，形态各异，活灵活现。此图连工带写，结构分明，上下以不同色彩分出水和陆地。水稻杆直接用彩墨绘出，蚱蜢刻画细腻，大有跃出纸面之感。

慈菇

景申秋八首之六　元稹

经雨篱落坏，入秋田地荒。
竹垂哀折节①，莲败惜空房②。
小片慈姑白③，低丛柚子黄④。
眼前撩乱辈⑤，无不是同乡。

【难点疏通】

①折节：从关节处折断。　②空房：莲蓬里无子，莲蓬又称莲房。　③慈姑：又称剪刀草、燕尾草、蔬卵，多年生草本植物，果实为黄白色或青白色球茎，外形呈长圆形，上有肥大的顶芽，表皮有环状节，类似闽南的水仙花种。富含淀粉、蛋白质、糖类、无机盐、维生素B、维生素C及胰蛋白酶等多种营养成分，是餐桌上的美味，此外，还有药用功能。④柚子：常绿乔木，叶大而阔，花白色，果实大，味甘酸。　⑤撩乱：杂乱。

【诗义解说】

一场雨过后篱笆已经遭到损坏，到了秋天田地里一片荒凉。竹子被折断悲哀地垂了下来，可惜到处是没有莲子的衰败的莲房。小片的慈姑泛着白色，枝条低低的柚子已经发黄。眼前这些乱七八糟的东西，算起来它们都生长在同一个地方。

清·吴昌硕《花卉图》

图绘一块玲珑的湖石，石前花盆里有盛开的水仙和郁郁葱葱的兰草。湖石后面高瓶内插着一枝蟠曲的梅花，前面放着柿子、慈姑等果实，包含着“吉庆有余”“平安富贵”等寓意。本图从朴拙中透出粗犷苍劲之气。

履道池上作

白居易

家池动作经旬别①，松竹琴鱼好在无②。
树暗小巢藏巧妇③，渠荒新叶长慈姑。
不因车马时时到，岂觉林园日日芜。
犹喜春深公事少④，每来花下得踟蹰⑤。

【难点疏通】

①动作：变动，指离开。旬：十天。 ②好在无：还都好好地存在吗？ ③巧妇：即鹪鹩，一种小鸟，体长约十厘米，羽毛赤褐色，略有黑褐色斑点，尾羽短，略向上翘，多在灌木丛中活动，以昆虫为食。 ④春深：春意浓郁。 ⑤踟蹰：徘徊。

【诗义解说】

离开家里的小池已经有十多天，那里的松树竹林琴瑟游鱼是不是还都好？树木茂盛小小巢穴里藏着巧妇鸟，荒凉的渠水里刚刚长出慈姑。不是因为坐着马车天天来到，哪里会觉得园林里天天都在荒芜。仍然感到高兴的是春意浓浓公家的事情不多，所以每天都来到花下转来转去。

明·孙克弘《写生花卉蔬果图·慈姑》

图绘慈姑根茎圆而且大，茎上的须根历历在目，上端还有一束被折断的叶子，颜色有些深，说明慈姑已经成熟。旁边绘有一片嫩叶，采用不同颜色表现叶子的正反两面，十分形象逼真。

莲蓬

采莲子二首[①]

皇甫松

菡萏香连十顷陂[②]，小姑贪戏采莲迟。
晚来弄水船头湿，更脱红裙裹鸭儿。

船动湖光滟滟秋[③]，贪看年少信船流[④]。
无端隔水抛莲子[⑤]，遥被人知半日羞。

【难点疏通】

①莲子：荷花开后结成莲蓬，呈圆锥形，里面有莲子，莲子乳白色，当中有绿色的莲心，莲子可食，莲心味微苦，性清凉，可入药。 ②菡萏（hàn dàn）：荷花的别名。 ③滟滟：水光动荡的样子。 ④信：任由。 ⑤无端：无意。

【诗义解说】

荷花的香气在十顷池塘上飘浮，小女孩贪玩采莲总是很慢。天色已晚因玩水把船头打湿，又脱下红裙包裹着小鸭崽儿玩。

小船摆动湖面上泛起层层波浪，贪看年轻小伙任坐的船随水漂流。没有来由隔着水面抛过莲子，远远被人看见不由得半天都感到害羞。

南宋·佚名《晚荷郭索图》

图绘一只大河蟹张牙舞爪栖于残荷上，由于河蟹太重，荷梗都被压得半断。此图通过对干枯的莲蓬、枯黄的荷叶、稀疏的芦荻的描绘，彰显了萧瑟清冷的气氛。图中荷叶和莲蓬用粗笔，蟹用细笔，笔法粗犷写实，颜色搭配合理。郭索，螃蟹的别名。

采莲曲二首之一

鲍溶

弄舟朅来南塘水[①]，荷叶映身摘莲子[②]。
暑衣清净鸳鸯喜[③]，作浪舞花惊不起[④]。
殷勤护惜纤纤指[⑤]，水菱初熟多新刺。

【难点疏通】

①弄舟：划船。朅(qiè)来：去来。偏向于去或来。 ②映身：遮蔽起身子。映：遮蔽，隐藏。 ③暑衣：夏衣。 ④作浪：掀浪。 ⑤殷勤：恳切叮咛。

【诗义解说】

划着小船来到南面的池塘，荷叶掩映着身体在采摘莲子。穿的暑衣洁净鸳鸯也显得高兴，掀起波浪撩起水花也不飞起。要小心爱护你那纤细的手指，因为水中菱角刚刚成熟多带着新刺。

明·孙克弘《写生花卉蔬果图·莲房》

这是一幅五米多长的长卷，绘有多种花卉、蔬果、盆景和花瓶等，这里选的是莲蓬一段。图绘莲蓬两枝，用绳捆在一起，莲子在顶部鼓了出来，说明莲子已经成熟。图用勾勒敷彩，风格典雅而灵秀。

藕

临平湖

顾况

采藕平湖上①，藕泥封藕节。
船影入荷香，莫冲莲柄折②。

【难点疏通】

①藕：荷花的地下茎，长形，肥大有节，色白，中间有管状的孔，折断后有丝，可食用，也叫莲藕。平湖：平静的湖面。 ②冲：冲撞。

【诗义解说】

在平静的湖面上采摘莲藕，湖里藕的节全被淤泥所封。船的影子进入散发着香气的荷花丛中，希望不要冲断了莲荷的茎。

清·杨晋《蔬果图》(局部)

这是从《蔬果图》上截取的一段，上绘葡萄、桃、莲藕、莲蓬和菱角。葡萄叶子浓绿，果实红紫；桃则鲜艳，果实尖端一点红，格外醒目；莲藕白嫩；莲蓬饱满；菱角红艳。图上蔬果，都十分鲜嫩，设色明丽，真实生动。

笋

双笋歌送李回兼呈刘四[①]

李颀

并抽新笋色渐绿[②]，迥出空林双碧玉[③]。
春风解箨雨润根[④]，一枝半叶清露痕。
为君当面拂云日[⑤]，孤生四远何足论。
再三抱此怅为别[⑥]，嵩洛故人与之说[⑦]。

【难点疏通】

①笋：竹的嫩芽，可食用，味道鲜美。 ②并：同时。 ③迥出：高出。双碧玉：指双笋，兼指他的朋友李回和刘四。 ④箨（tuò）：包在竹笋外面一片一片的皮。 ⑤拂云日：拂去遮在太阳上的云层。 ⑥嵩：即中岳嵩山，在今河南省境内。 ⑦洛：指洛阳。

【诗义解说】

一起抽出新笋颜色渐渐变绿，高出空阔的树林是那一对新笋。春风吹来解去竹笋外皮雨水润泽树根，一根树枝一片树叶都留下清露的印痕。当着您的面拂去遮盖太阳的云雾，孤单单地生长在边远之地又有什么可以谈论。一次又一次抱着竹笋心情郁闷与朋友告别，遇到嵩山或洛阳的老朋友请向他们存问。

明·孙隆《写生图册·笋》

孙隆此图册共十二开，这里选的是其中一开。图上所绘竹笋采用没骨法，笔墨随意自然，看似不经意，但十分传神，富有神韵。笋外每片箨由下往上颜色渐深，显示出竹笋应有的特性。

篱笋

李颀

东园长新笋，映日复穿篱①。
迸出依青嶂②，攒生伴绿池③。
色因林向背，行逐地高卑④。
但恐春将老⑤，青青独尔为⑥。

【难点疏通】

①复：又。　②迸出：奋力长出。青嶂：青色的山峦。　③攒生：丛聚生长。　④行：此指竹笋的生长。卑：低。　⑤春将老：春天将要过去。　⑥独尔：如此这样。

【诗义解说】

东园里长出了新笋，迎着太阳又穿过了围篱。依靠着青山奋力长出，又一丛丛伴着绿色水池。颜色因向日背日而有所不同，向上生长随着地势而高高低低。因为担心春天就要过去，所以才长得这样青绿无比。

清·金农《花卉蔬果图册·竹笋》

图绘竹笋一捆，作者用浓淡不同的墨色，绘出竹笋一级级向上生长的层次。用来捆扎竹笋的枝条上还长着树叶，说明此笋刚刚从山上采来，新鲜无比。上有作者题诗一首："夜打春雷第一声，满山新笋玉棱棱。买来配煮花猪肉，不问厨娘问老僧。"

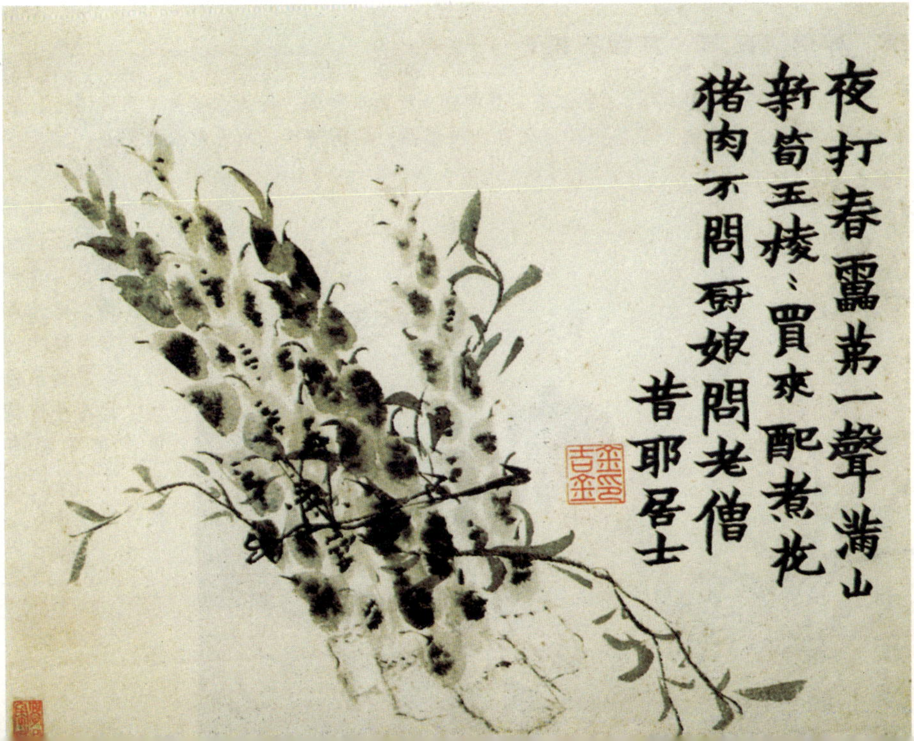

芥菜

招韬光禅师

白居易

白屋炊香饭①，荤膻不入家②。
滤泉澄葛粉③，洗手摘藤花。
青芥除黄叶④，红姜带紫芽。
命师相伴食，斋罢一瓯茶⑤。

【难点疏通】

①白屋：不施雕饰的房屋，多指贫民所居。 ②荤膻：指鱼肉之类。 ③葛粉：用葛根提制的白色粉质。葛为多年生草本，茎蔓生，块根含淀粉，可食用。 ④芥：芥菜，一年或二年生草本，开黄色小花，果实细长，种子黄色，有辣味，磨成粉末，可用作调味品。⑤瓯：杯碗之类的饮具。

【诗义解说】

没有装饰的屋子里正烧着香饭，鱼之类的食物不能进入这样的人家。经过过滤的泉水使葛粉更加清纯，洗一下手再摘一些藤条上的花。青青的芥菜除去了黄叶，红色的姜还带着紫色的芽。让禅师跟着我一起吃顿饭，吃完斋饭再饮上一杯浓茶。

明·郭诩《杂画·芦塘芥菜》

郭诩（1456～约1529），字仁宏，号清狂，江西泰和人。专力于书画，多游名山。擅作写意人物，信手点染，笔势飞动，尤善杂画小品。笔墨简括，用没骨法画花鸟，颇有生趣。此图绘池塘边芦苇丛中长着一株芥菜，芦苇用浓墨显示其青绿之色，格外茂盛。芥菜则叶大肥壮，充满了朝气。构图虽然简单，但笔墨奔放，体现了一种独特的风格。

茶

东亭茶宴①

鲍君徽

闲朝向晓出帘栊②，茗宴东亭四望通③。
远眺城池山色里，俯聆弦管水声中④。
幽篁引沼新抽翠⑤，芳槿低檐欲吐红⑥。
坐久此中无限兴，更怜团扇起清风。

【难点疏通】

①茶：灌木或落叶小乔木，叶呈椭圆形或披针形，经焙制加工后为茶叶，是常用的饮品。 ②闲朝：不是上朝时间。帘栊：门窗上的帘子。 ③茗宴：茶宴。茗，本指茶芽，后泛指茶。 ④聆：听。 ⑤幽篁：幽深的竹林。 ⑥槿：即木槿，一种落叶灌木或小乔木。

【诗义解说】

不是上朝的时间到了清早走出家门，茶宴设在东亭那里四面通风。远远望去城池掩映在山色里，俯下身去溪水丁东犹如优美的乐声。深深的竹从吸吮池中之水抽出新绿，木槿低垂到房檐刚要开出英红。在这里坐久了兴致更加无限，更可爱的是团扇摇动吹来阵阵清风。

明·丁云鹏《煮茶图》

丁云鹏（1547～1628后），字南羽，号圣华居士，休宁（今属安徽）人。工书法，善绘画，工山水、佛像，尤擅长白描人物。此图右侧一株玉兰花开满树，中间有一假山，玲珑剔透。下设一榻，左角有一竹炉，一中年人坐在榻上，静观煮茶，旁立一红衣老仆，手中捧一斗笠样器具。前面石案上有壶、杯、书、古玩等物，另有一仆正在从坛中取水。全图十分详细地描绘了煮茶的情景。人物表情生动，湖石玲珑剔透，设色典雅。

喜园中茶生

韦应物

洁性不可污①，为饮涤尘烦②。
此物信灵味③，本自出山原。
聊因理郡余④，率尔植荒园。
喜随众草长，得与幽人言⑤。

【难点疏通】

①洁性：纯洁的本性。 ②涤：清除。尘烦：尘世间的烦恼。 ③信：确实。灵味：灵异不同一般的味道。 ④理郡余：处理郡中事务之余。 ⑤幽人：隐居之人。

【诗义解说】

纯洁的本性不可污染，饮茶可以清除尘世间的忧烦。这种东西确实有灵异的味道，本来就是出自高山之间。我暂且利用处理郡中事务之余的时间，率领大家把茶种植在这片荒园。让人高兴的是它随着众草一起生长，这种事情只能跟隐居的人交谈。

明·仇英《煮茶图》

此图绘一山石小丘，丘上有蟠曲如龙的松树一株。有一人坐在山石之上，旁边放着一本书。石下有一火炉，有一童子正在用扇子煽风点火，远处山峦隐约可见。此图造型圆转厚实，用笔柔和，晕染丰富，层次细腻，树木俯仰有致。

灵芝

寄天台道士① 孟浩然

海上求仙客，三山望几时②。
焚香宿华顶③，裛露采灵芝④。
屡蹑莓苔滑⑤，将寻汗漫期⑥。
倘因松子去⑦，长与世人辞。

【难点疏通】

①天台：山名，在今浙江省天台县东北。 ②“海上”二句：据《史记·秦始皇本记》：“齐人徐市等上书，言海中有三神山，名曰蓬莱、方丈、瀛洲，仙人居之。请得斋戒，与童男女求之。于是遣徐市发童男女数千人，入海求仙人。”这里指天台道士。 ③华顶：天台山的峰名。 ④裛露：带着露水。灵芝：真菌的一种。自古以来就被认为是吉祥、富贵、美好、长寿的象征，有“仙草”、“瑞草”之称，被视为滋补强壮、固本扶正的珍贵中草药，民间传说灵芝有起死回生、长生不老之功效。 ⑤蹑：踩。 ⑥汗漫期：不可知的期限，指长生不死。 ⑦松子：赤松子，传说中的仙人名。

【诗义解说】

想要到海外求道成仙的人，海外的三仙山不知望了多少次。焚一炉香居住在华顶峰上，带着浓浓的露水上山采仙药灵芝。一次次踩在湿滑的莓苔之上，为的是寻找长生不死的时机。倘若能跟着赤松子而去，那么就要永远与尘世之人别离。

清·蒋廷锡《群仙献瑞图》

图绘山石一高耸一偃卧，坡石上长满了水仙和杂草，一枝干枯的荆棘上长着几粒红果。巨石背后一株翠竹挺立而出。最为引人注目的是那株巨大的灵芝，它是整幅画的视觉中心。图中花卉以白描的手法绘出，山石则采用大块水墨晕皴，具有强烈的视觉效果。

酬濬上人采药见寄 刘商

玉英期共采①，云岭独先过②。
应得灵芝也，诗情一倍多。

【难点疏通】

①玉英：花的美称，这里指灵芝。 ②云岭：云雾缭绕的山岭，言其高。

【诗义解说】

大家都希望采到玉英那样的仙草，在高高的山岭上总是他一个人走过。一定是采到了长生不老的灵芝，所以诗情比平时增一倍还要多。

清·王武《花鸟图册·灵芝水仙》

一束水仙亭亭玉立，黄蕊白花缀在绿色的叶子中间，高雅凝重。水仙后面是一山坡，山石用浓墨绘出，由山下向山上，墨色渐轻。山石下面，一株分叉灵芝十分显眼，左侧还有两株刚刚长出的灵芝。坡石下用细笔描出小草。整幅画用笔工细，很有质感。

莲峰歌[1]

贾岛

锦砾潺湲玉溪水[2]，晓来微雨藤花紫。
冉冉山鸡红尾长[3]，一声樵斧惊飞起。
松刺梳空石差齿[4]，烟香风软人参蕊[5]。
阳崖一梦伴云根[6]，仙菌灵芝梦魂里。

【难点疏通】

①此诗一题温庭筠作，题曰《东峰歌》。莲峰：即庐山莲花峰。 ②砾：小石块。潺湲：河水慢慢流动的样子。 ③冉冉：柔软下垂的样子。 ④松刺：松树伸向空中如刺一样。梳：一作“流”。差齿：尖利，有棱角。 ⑤人参蕊：人参开花。 ⑥阳崖：向阳的山崖。云根：深山云起之处。

【诗义解说】

五彩的石块在缓缓流淌的小溪水里，清晨到来下了一阵小雨藤花变成了紫色。美丽的山鸡拖着长长的红色尾巴，一声砍柴的声音使它受到惊吓而凌空飞起。松树像刺一样伸向天空山石尖利，在香气弥漫暖风轻吹中人参绽开了花蕊。在向阳的山崖上伴着白云做了一个美梦，灵芝仙草就出现在梦境里。

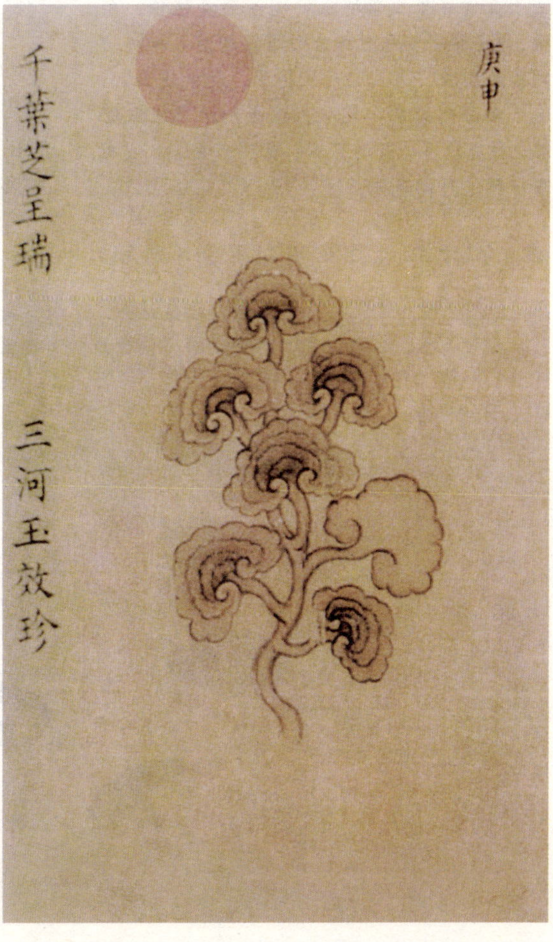

南宋·杨婕妤《百花图卷》（局部）

这里是从长卷上截取的灵芝一段。灵芝犹如一株树，随着枝干长出许多叶片，每片叶上都细致地绘出纹理，颜色自下而上逐渐变浅，十分形象逼真。

菌

题崔行先石室别墅 郑巢

山空水绕篱①，几日此栖迟②。
采菊频秋醉，留僧拟夜棋③。
桂阴生野菌④，石缝结寒澌⑤。
更喜连幽洞，唯君与我知。

【难点疏通】

①山空：因秋天树叶飘落，看上去像空了一样。 ②栖迟：游息，滞留。 ③拟夜棋：打算晚上下棋。 ④菌：即蕈（xùn），俗称蘑菇，生长在树林里或草地上的高等菌类植物，伞状，也称伞菌，地上部分由帽状的菌盖和杆状的菌柄构成，菌盖能产生孢子，是繁殖器官，地下部分叫菌丝，能从土壤或朽木里吸取营养，种类很多，有的可食，有的有毒。 ⑤寒澌：解冻时的流冰。

【诗义解说】

山野空阔溪水绕着篱笆，在这里滞留几日没有很快离去。在秋天里采摘菊花一次又一次地喝醉，把老僧留下来打算晚上下一盘棋。桂树的树荫下生长出各种蘑菇，石头缝里凝结着寒冷的冰澌。更让人高兴的是还连着幽深的洞穴，只有您和我咱们二人知道此事。

明·孙克弘《芸窗清玩图》（局部）

这幅三百一十八厘米的长卷，绘有花卉、蔬果、鱼蟹、花瓶、盆景等，画法上兼工带写，勾勒不多，以点为主。风格清丽，设色雅致。这里选取的是绘有蘑菇的一段。图上绘有五只蘑菇，有红，有黄，有灰，有褐，蘑菇后面还有一束野花，前面两只鳜鱼圆睁着眼睛，十分有神。

茄

梁·蔡撙[①] 孙元晏

紫茄白苋以为珍，
守任清真转更贫[②]。
不饮吴兴郡中水，
古今能有几多人。

【难点疏通】

①蔡撙（467～523）：南朝梁济阳（今河南兰考）人，字景节，仕齐时为黄门侍郎，入梁后任侍中，历任临海、吴兴太守，累迁吏部尚书、中书令，卒官吴郡太守。据《南史·蔡撙传》：“（撙）口不言钱，及在吴兴，不饮郡井，斋前自种白苋紫茄以为常饵，诏褒其清。”苋，一年生草本植物，叶对生，卵形或菱形，有绿紫两色，花黄绿色，种子极小，黑色而有光泽，嫩苗可食。 ②清真：纯真朴素。

【诗义解说】

紫色的茄子白色的苋菜都当作珍贵之物，固守着纯真朴素反而更加贫穷。虽在吴兴当太守却不饮那里的井水，从古到今像这样能有几人。

明·孙克弘《紫茄图》

此图绘一株茄秧，叶子浓绿，秧上结一硕大的茄子。作者善于运用色彩的变化，浓淡相宜，使简单的一株茄子，成为可以欣赏的悦人之物。笔法不用线勾出轮廓，而是以墨色大致画出物形，再以色彩或水晕层层渲染，色彩或薄或厚，使这株茄子达到了完美地步。

原上新居①

王建

长安无旧识②，百里是天涯③。
寂寞思逢客，荒凉喜见花。
访僧求贱药④，将马中豪家⑤。
乍得新蔬菜，朝盘忽觉奢。

【难点疏通】

①原：指咸阳原，在今陕西咸阳附近，作者王建曾在此居住。 ②旧识：旧相识，老朋友。 ③百里：从咸阳原到长安百里左右。 ④贱药：不值钱的药。 ⑤将马：骑马。中豪：中等富有的人。

【诗义解说】

在长安没有我的老朋友，离长安只有百里就成了天涯。寂寞时就想碰到客人，荒凉时节惊喜地看到鲜花。访问僧人为的是求点不值钱的药，骑着马前往中等富有的人家。刚刚得到一点儿新鲜蔬菜，早晨的盘子里忽然觉得十分奢华。

明·孙隆《写生图册·茄子》

这是一幅静物写生。图上只绘有两只茄子，一紫一白，交叉摞在一起，形成了一个“十”字，深浅对比鲜明。此图具有很强的艺术概括性，表现技巧精湛，形象准确，神态生动。

蔬菜

田家

杨颜

小园足生事①，寻胜日倾壶②。
莳蔬利于鬻③，才青摘已无。
四邻依野竹，日夕采其枯④。
田家心适时⑤，春色遍桑榆。

【难点疏通】

①足生事：足可以做些事情。②倾壶：指饮酒。③莳（shì）：栽种。鬻（yù）：卖。④日夕：傍晚。⑤适时：正合时宜。

【诗义解说】

小园虽然不大但足可以做些事情，到那里寻找美丽的景色每天都要喝上一壶。栽种的蔬菜有的用来到市场上出售，菜叶刚刚泛青就被摘得所剩无几。四周邻居依傍着野竹而居，每天傍晚都到林中采些枯枝。田家人的心理善于随着季节，眼下春色已经遍及桑树和榆树。

清·朱耷《杂画册·荸荠》

此画共有六开，分别绘墨竹、荷花、水鸟、茶花、竹枝双鸡、荸荠和猫等，这里选取的是《荸荠》一开。造型奇特，构图怪异，笔法简练雄浑，笔简意深，意气风发，在硬拙中显出一种力量。

园

杜甫

仲夏流多水①，清晨向小园。
碧溪摇艇阔②，朱果烂枝繁③。
始为江山静，终防市井喧④。
畦蔬绕茅屋⑤，自足媚盘餐⑥。

【难点疏通】

①仲夏：夏季第二个月，即农历五月。 ②阔：指溪水宽阔。 ③烂：灿烂。 ④市井：城市，集镇。 ⑤畦：有一定界限的长条形田地。 ⑥媚：美好。盘餐：盘子里的食物。

【诗义解说】

盛夏雨多河里的水不断上涨，天刚刚亮我就走向我家的菜园。摇船在宽阔清澈的小溪上，红色的果子在茂盛的枝头上开得正烂漫。开始只是因为这里有山有水图个安静，最终则是为了避免闹市的喧阗。一条条菜畦绕着茅屋种着各种蔬菜，足可以供自己食用也使盘中的菜肴丰满。

清·原济《山水花卉图册·蔬菜》

图绘一棵大白菜，菜叶向上伸展十分有力，还有一棵小白菜横卧在下方，形成了横竖对角。全图气势非凡，意趣无穷。此图用不同的墨色，使画面富有变化，烘染出彩，一片生机。

汉阴庭树[①] 赵嘏

掘沟引水浇蔬圃，
插竹为篱护药苗[②]。
杨柳如丝风易乱，
梅花似雪日难消[③]。

【难点疏通】

①汉阴：县名，北魏置，治所在今陕西汉中市南汉江南岸。 ②药苗：药材的小苗。 ③日难消：太阳出来难以化掉。

【诗义解说】

挖出水沟引来河水浇灌菜园，插起竹子当作篱笆保护药材的小苗。杨柳枝条像丝一样垂下容易被风刮乱，梅花盛开如雪太阳出来难以融消。

清·恽寿平《菇蔬图》

此扇面用没骨法绘蔬菜和蘑菇。蔬菜和蘑菇都用水墨渲染，浓淡相宜，层次分明，墨韵生动。叶脉用浓墨勾勒，用笔劲挺，立意新奇，极富生活气息。

偶掇野蔬寄袭美有作

陆龟蒙

野园烟里自幽寻，嫩甲香蕤引渐深[1]。
行歇每依鸦舅影[2]，挑频时见鼠姑心[3]。
凌风蔼彩初携笼[4]，带露虚疏或贮襟[5]。
欲助春盘还爱否，不妨萧洒似家林[6]。

【难点疏通】

①嫩甲：植物刚长出的嫩叶。蕤（ruí）：植物的花。 ②鸦舅：即乌桕树。 ③鼠姑：牡丹的别名。 ④蔼彩：新鲜而茂盛。 ⑤虚疏：粗糙。 ⑥萧洒：舒畅。

【诗义解说】

荒野小园的烟雾里独自一人在暗处搜寻，植物的嫩叶芳香的花朵渐渐把我引向深处。行走累时便依在乌桕树下歇息，不断挑着野菜时而见到牡丹的花心。迎着春风手提竹筐走在茂盛的草丛，把带着露水粗糙的野菜放进衣襟。是否喜欢在春天的餐盘中助上一把，不妨自由自在地生长在人家的园林。

明·沈周《墨菜图》

图上用墨笔绘蔬菜一棵，五片菜叶向四外伸展，衬托着中间那一枝花茎。菜叶用浓淡不同的墨色表现不同的层次，而那束菜花，虽然花朵很小，却韵味十足。看似简约，但十分传神。